AF208534

Förlag: BoD – Books on Demand, Stockholm, Sverige
Tryck: BoD – Books on Demand, Norderstedt, Tyskland
ISBN: 978-91-7699-482-5

Bert Edbom

Fel man på rätt plats

Kapitel 1

BMW:n stod startklar och fulltankad på gatan. Herman Long behövde bara två mindre resväskor när han lämnade lägenheten i södra Kensington. Bara ett kvarter från Fullham Road. Han tänkte ta bilen, en nästan ny BMW 6 Coupé, hela vägen från London via Newcastle och därifrån med båt till Amsterdam. Från Amsterdam tänkte han köra hela vägen upp till Sverige och den kungliga huvudstaden Stockholm. Till Stockholm där han, inom några dagar, skulle påbörja sitt nya jobb.

Herman Long var mycket nöjd med sig själv. Även om han ännu så länge var en, i industrikretsar, okänd person. Men han hade verkligen gjort blixtkarriär.

Han betraktade sig själv i backspegeln. Log och kände sig mer än måttligt förnöjsam.

Han var på väg att bli en av Europas mäktigaste industriledare. I klass med de mäktigaste i europa.

Herman Long hade bara två år tidigare flyttat till England och börjat jobba som Account coordinator på ett av Englands större försäkringsbolag. Sex månader senare hade blivit befordrad och efter ytterligare sex månader hade han avancerat till europachef för delar av det engelska försäkringsbolagets industriförsäkringar.

Nu hade han hastigt och lustigt blivit tillfrågad om att bli verkställande direktör för norra europas största industrikoncern, EuroCorp International. Raudvan Axelsson, styrelseordförande i EuroCorp och styrelseledamot i flera andra multinationella företag hade plötsligt ringt upp Herman Long och erbjudit honom tjänsten som verkställande direktör på EuroCorp International.

Herman kände sig smart och och framgångsrik och just nu också snygg. Var man framgångsrik så var man väl också snygg. Han var ju just nu osannolikt framgångsrik. Hans föregångare på EuroCorp, David Romson, hade efter en tids sjukdom blivit mer och mer glömsk och förvirrad, varför han hastigt och kanske mindre lustigt, men inte oväntat, blivit avsatt som VD. Naturligtvis med bedrägligt mycket pengar i ett så kallat fallskärmsavtal. Mer pengar än han någonsin skulle kunna göra av med. Pengar som han förmodligen inte skulle kunna ha någon större glädje av. Detta då hans demens på senaste tiden hade övergått till total frånvaro av all vett och sans.

Herman tryckte in startknappen och motorn i BMW:n spann mjukt och fint igång. Lägenheten i Kensington tänkte han behålla. Det kunde bli en hel del resor till London framöver. EuroCorp hade både industrier, försäljningskontor och många stora kunder i England. Så det var nog troligt att han skulle befinna sig där till och från. Då skulle det vara bra att ha kvar sin exklusiva lägenhet i Kensington.

Herman körde mot Regents Park. Han hade för avsikt att köra norr ut mot A1 som skulle leda honom ut från London. Norrut från London och mot Newcastle. Han tänkte köra österut för att hålla sig så nära kusten som han kunde.
Medan han gled fram längst med A1:an funderade han på om han skulle ta sig en tur via King's Lynn för att beskåda ett av den engelska Drottningens residens, Sandringham House! Han hade gott om tid på sig. Han skulle inte installeras på sin nya tjänst förrän kommande vecka.
Han skulle kunna åka längre ut mot den engelska kusten från Dersingham för att kanske besöka "The Sea Life Sanctuary" uppe

vid Hunstanton.

Herman log för sig själv. Han betraktade och beundrade sig själv i backspegeln.

Snygg! Hmm. Kanske inte supersnygg. Men enligt honom själv dock ganska snygg. Kanske inte i omgivningens ögon. Han var ju inte ful. Han hade väl snarare mer ett ordinärt utseendet. En lite tillplattad näsa, som i och för sig stämde överens med hans i övrigt lilla ansikte. Det kalla gråblå ögon som inte visade någon antydan av glädje. Kalla ögon som ingav en känsla av misstroende och kravställande.

Men han var framgångsrik. Något som var mer viktigt för honom. Just nu var han oerhört framgångsrik, nu när han var på väg att bli en av Europas största industriledare!

Det tog Herman Long närmare tre timmar att ta sig längs med vägarna norrut till King's Lynn. Det började kurra i magen så det var dags för en lättare lunch. Han körde in i King's Lynn på en av de mindre gatorna. En smal gata med stenhus. Gråa stenhus i långa rader efter den trånga gatan. En del av husen var rappade med vit puts på ytterväggarna. Puts som på vissa hus var svartsotig och i vissa fall hade fallit av husfasaderna.

Han körde in sin BMW på en ledig plats som fanns vid sidan av gatan. Det var en parkering med plats för tre bilar. Parkering som låg mellan två äldre fastigheter hade två lediga platser då en Ford Escort upptog en av de tre platserna. BMW:n fick plats bredvid Escorten som stod på mittenplatsen. Så BWN hamnade intill ett hus där putsen hade släppt från husfasaden.

Han klev ur bilen och såg sig runt för försöka orientera sig. Skulle han kunna upptäcka något vettigt matställe efter den här gatan? Han spanade och såg en skylt lite längre ner efter gatan. En skylt som antydde att det var någon form av matställe.

Samtidigt som Herman började gå mot det eventuella matstället, så svängde en gammal Vauxhall Corsa in på samma gata. I Corsan satt de två bröderna Tom och Terry Jones. Två smågangsters som pysslade med allehanda mer eller mindre olagliga verksamheter. Nu hade storebror Tom, som var den större av de två, just fått syn på den läckra, utlandsregistrerade BMW:n.

De tyckte båda två att den såg rätt läcker ut. Skulle det gå att stjäla den? En tanke som bara hade flugit genom huvudet på Tom. Men varför inte?

Om de skulle lyckas så skulle de kunna roa sig ett tag med den för att sedan sälja den till någon av de kontakter som de hade i London. Då skulle det fixas nya papper och skyltar på den.

De båda bröderna, varav lillebror var av knapp medellängd, medan storebror Tom var något större, var från Stratford i nordöstra London. Båda var ganska tunnhåriga, vilket var ett typiskt släktdrag, liksom det ganska dåliga tandgarnityret som de båda också var försedda med. Så även om Tom var något större än lillebror Terry så var inte heller han väldigt stor. Knappa en och åttio och runt sjuttiofem kilo. Några kilo mer än lillebror Terry.

De två bröderna tittade bort mot mannen i kostym som just vandrade ner efter gatan. De bestämde sig för att sitta kvar i sin bil. De diskuterade om de skulle försöka komma över BMW:n eller om de bara skulle försöka ta sig in i den för att rensa den på värdesaker. Körde man en sådan BMW så hade man säkert värdefulla saker i bilen.

De hade för tillfället ingen bra plan. Skulle de kunna komma över den exklusiva bilen? Skulle det gå att komma in i den utan att dra igång larmet på den? Det skulle bli svårt. Men de hade ingen brådska. De hade för tillfället inget annat för sig.

Kanske skulle det inte gå att kapa bilen eller rensa den. Men de bestämde sig för att tills vidare sitta kvar i sin bil. Det bara måste finnas värdesaker i bilen. Han som hade bilen såg ju rätt så välbeställd ut.

Han såg inte heller speciellt farlig ut. Han var ju till och med mindre än lillebror Terry. Eller, han var åtminstone inte större än lillebror Terry.

Herman Long var enda barnet. Hade alltså inga syskon. Redan som barn hade hans far lämnat hans mor och honom för att göra karriär utomlands. Det hade för hans fars del inte gått speciellt bra och han hade dessutom insjuknat och gått bort när Herman bara hade varit tolv år gammal. Så Herman hade levat större delen av sin uppväxt med enbart sin mor. En mor som hade gjort allt för sin son. Herman hade aldrig varit speciellt snäll och trevlig, sannolikt drag som han hade ärvt från sin far. Därför hade han inte heller haft några riktiga vänner. Precis som sin far så hade Herman siktat på att göra karriär. Han hade läst på handelshögskolan. Han hade bra betyg, vilket kanske inte helt avspeglade sanningen om honom. Han hade varit duktig på att "låna" andra studenters idéer och planer till uppsatser. Dessutom hade han använt sig av tveksamma hjälpmedel då han hade tenterat, vilket ingen annan än Herman själv kände till. Herman Long var av typen som när han satte upp ett mål så siktade han på att nå det till varje pris. Då gällde det vilket pris som helst, så var det verkligen vilket pris som helst, oberoende av metoder. Men han hade aldrig blivit ertappad med att mygla, fuska eller på annat sätt bete sig opålitligt.

Direkt efter att han hade gått ut Handelshögskolan så hade han fått anställning på ett investmentbolag. I samma veva hade också hans mor dragit sin sista suck i livet.

Herman Long hade sörjt sin mor i en veckas tid. Ett sorgearbete som knappast kunde betraktas som sorgearbete. Han var ju faktiskt en arbetsnarkoman. Om än inte världens trevligaste människa. Så vad gällde hans sorgearbete, så hade det mest bestått av arbete. Han hade ägnat större delen av den tiden åt arbete i investmentbolaget. Karriären framför allt. Skillnaden hade bara varit att istället för att vara på kontoret hade han, under sorgeveckan, arbetat hemifrån.

Från investmentbolaget som han hade jobbat på så hade det bara rullat på i snabb takt.

Nu var Herman en man i sin bästa ålder. En ungkarl som började närma sig de fyrtio och på väg att bli industrisveriges kronprins.
Förhållanden med motsatta könet var inte och hade aldrig varit en av hans starkare sidor. Det hade inte att göra med hans sexuella läggning utan snarare med hans kvinnosyn. Han hade, under kortare perioder, haft ihop det med kvinnor i livet. Men det hade varit väldigt korta perioder. Hans syn på kvinnan i hans liv var att hon skulle sköta allt vad gällde markarbete. Precis som hans mor alltid hade gjort för honom. Sätta på en tvättmaskin eller ställa sig och handdiska. Stryka hans kläder och putsa hans skor och se till att det var städat i hemmet. Allt sådant skulle kvinnan i hans liv göra. Så Hermans, kvinnofria liv, var till gagn för tvättinrättningar och städfirmor. Sånt som är till stort värde för en bortskämd ungkarl. Laga mat och diska. Inget för den här Herman Long inte. Restauranger fanns på varenda gata runt omkring där han bodde. En del bra, andra mindre bra. Några riktigt dåliga. De riktigt dåliga besöktes aldrig mera än en gång. Restauranger var som tvättinrättningar och

städfirmor, bra för en ohuslig ungkarl. På restaurang fick man maten serverad och man slapp ju disken.

Efter en mindre lyckad lunch bestående av Fish and ships, så återvände han till sin BMW för att fortsätta sin färd. Ett matställe som han aldrig mer hade för avsikt att besöka.

Han körde österut för att ta en tur förbi Sandringham House! Vad Herman inte observerade var den röda Corsan som låg ett par hundra meter bakom honom. Nu ville det sig inte bättre än att Herman åkte fel och missade avfarten till Sandringham House. Han körde norrut på en mindre väg tills han slutligen nådde fram till kusten. Där låg nu havet framför honom. Vattnet var långt nedanför där han befann sig. Klipporna stupade tjugo eller kanske trettio meter rakt ner till den steniga stranden nedanför.
Herman stannade bilen för fundera. Han klev ur och såg ut över havet. Det var grått och trist väder och ett lätt duggregn låg i luften.
Samtidigt som Herman stod och såg ut över havet, så kom de båda bröderna Jones fram till honom. De tänkte försöka förvirra BMW-ägaren för att på så sätt försöka lura av honom

nyckeln till bilen. Den yngre brodern, Terry var en hyfsad ficktjuv. Så medan Tom började prata med BMW-ägaren så skulle Terry försöka stjäla startnyckeln från det tilltänkta offret.

Det blev ett lite taffligt försök från Terry. Han lyckades dock sno åt sig plånboken från BMW-ägaren.

Herman anade först inga ugglor i mossen men blev fundersam då de båda männen betedde sig så småförvirrat och pratade i munnen på varandra. När Tom la sin hand på Hermans axel blev han lite rädd. Han tog ett steg tillbaka, men snubblade på en sten. Tog några snabba steg bakåt för att återfå balansen, men snubblade igen. Han snubblade så illa så att han snart var framme vid klippkanten. När han reste sig upp för att komma på fötterna igen och Tom sträckte sig fram för att ta tag i honom blev det mindre bra. Han försökte slå bort Toms hjälpande hand, varvid han åter tappade balansen. Marken försvann under hans fötter och han föll. Han föll rakt ner efter klippkanten.

Det var nog inte vad de två småskurkarna hade tänkt sig. Det hade blivit något allvarligare än de kanske hade tänkt sig.

De tittade förstummade ner för klippkanten för

att se var mannen hade tagit vägen. Långt där nere låg den just nu livlösa, kostymförsedda BMW-ägaren.

Det hade gått lite över styr men de två bröderna tänkte inte låta det stoppa dem. De ville ha den där BMW:n. Terry började klättra ner för klipporna. Han skulle se efter hur det var ställt med utlänningen och samtidigt skulle han försöka få tag i bilnyckeln.

Han kände på pulsen på den livlösa kroppen. Mannen andades. Han var alltså fortfarande i livet, vilket trots allt var en lättnad för lillebror Terry. Visst, de var skurkar. Men de var inga mördare.

"Hurry up so we can leave this place," ropade Tom till sin bror.

Terry sökte igenom alla fickorna på den medvetslösa kroppen. Plånboken hade han redan plockat av honom så nu tog han också pass, nycklar och mobiltelefon. Ja, allt som han kunde hitta slank ner i hans egna fickor. Ett armbandsur en Rolex Daytona! Var den äkta? Förmodligen. När Terry stoppat på sig allt som han kunde hitta, klättrade han upp för klipporna.

Väl uppe gick de båda bröderna snabbt igenom alla saker. De sökte också igenom BMW:n efter värdesaker. När det var gjort, satte sig

Terry bakom ratten till Corsan medan storebror Tom satte sig i den något häftigare BMW:n.

Den vänsterstyrda svenskregistrerade BMW:n var något som Tom var aningen ovan vid. Men innan de skulle vara framme i London så skulle han säkert vant sig med att ha ratten på "fel"sida.

Den livlösa kroppen blev liggande nedanför klipporna under hela natten. Först nästa morgon var det en man med en hund som observerade den livlösa kroppen.

Ett telefonsamtal, så var snart en ambulans på plats och den medvetslösa mannen kunde köras till närmaste sjukhus. Han kördes till Queen Elizabeth Hospital i Kings Lynn.

Förutom att han var medvetslös så hade han brutit några revben och skadat en arm. Liksom ena benet, som inte heller fungerade som det skulle. Så det skulle ta honom en tid att bli helt återställd.

Vad man dessutom inte visste var att den skadade mannen hade slagit sig så illa så han hade drabbats av temporär minnesförlust. Något som skulle visa sig först när han återfick medvetandet.

De båda småskurkarna Tom och Terry hade tagit alla papper som visade vem BMW-ägaren var. Så på sjukhuset visste man ingenting om den skadade mannen. Man skulle få vänta tills han vaknade till liv.
Han fördes till en intensivvårdsavdelningen.

Tom och Terry körde med god fart mot London. De försökte hålla fartbegränsningarna. De ville inte gärna åka fast för fortkörning nu när de hade kommit över en skapligt värdefull BMW. Så det gick fort, men ändå kontrollerat fort.
Tom kände att detta kunde vara ett bra kap. Han hade en hel del kontakter i London. Någon ville säkert köpa bilen för att sedan, med nya papper och skyltar exportera den utomlands.
Allt annat som de hade tagit fanns det också pengar i. Klockan och mobilen. I bilen hade de också hittat en rätt exklusiv bärbar dator. En Ipad. I en resväska, lite dyrare kläder. Kläder som säkert också skulle kunna inbringa några hundra pund.
Det var ju inga lågpriskläder. Bara dyra märkeskläder.

Kapitel 2

John Herman Long. En medelålders man med låg utbildning. Efter lång tid som arbetslös så hade han nu äntligen, efter många månaders arbetslöshet, fått jobb på Proffice. Hermans första uppdrag för Proffice, var att jobba på post- och kontorsserviceavdelningen på multinationella företaget Eurocorp International. Han kände sig lite spänd men också förväntansfull. Nu skulle han äntligen börja rätta till sin mindre goda ekonomi, som efter nästan ett års arbetslöshet hade grävt djupa hål i Herman Longs minimalistiska sparkista. Bland annat hade en del av hans räkningar hamnat hos inkassoföretag. Han var ingen slarver, men det hade bara inte fungerat för honom. Ekonomin hade, efter så lång tid som arbetslös, totalhavererat. Varje månad hade inneburit besvärliga prioriteringar i försök att klara av de de mest akuta betalningarna. Vissa dagar hade han bara ätit billiga nudlar. Vissa dagar, vilket egentligen var ganska ofta faktiskt. Mycket nudlar hade det blivit. Men nu förväntade han sig att allt skulle bli bättre.

Herman Long, alltså övre medelåldern, vilket innebar femtio plus. Ganska lång och smal och med en smal rak näsa. Pigga och klara ögon som hade något vaket, nyfiket i sig. Ett litet leende som ofta spelade mellan de smala läpparna. Håret var mörkbrunt och ganska kraftigt och rufsigt.

Herman var sedan några år tillbaka frånskild. Han hade en vuxen dotter från ett tidigare äktenskap. Hans exfru hade ansett honom som varande oansvarig, rätt barnslig och helt utan några verkliga ambitioner. Hon hade ledsnat på honom då han nästan alltid försökte skämta bort hennes försök att tala allvar med honom. Hon hade gärna sett att han hade kunnat ta livet något lite mer seriöst. Hon hade varit intresserad av resor, fester och teater och att äta ute på dyra exklusiva restauranger. Men för att komma dit krävdes en bättre ekonomi än den hon och han hade haft. En ekonomi som man enligt henne bara kunde få genom ett större engagemang. Engagemang, från hennes man, för att de skulle kunna ha råd med ett sådant liv som hon ville leva. Det var ett kravställande på såväl henne själv, men framför allt på hennes make för att kunna leva det livet.

Det var dock ett liv som inte hade lockat Herman. Hans stora intresse, kanske enda intresse, hade varit fotboll. Speciellt den Engelska ligan. Men också den Spanska ligan låg honom varmt om hjärtat. Han gillade att ta livet med en klackspark. Ett klacksparkande som kanske inte alltid var så lyckat. Något som den senaste tiden hade visat på. Det hade resulterat i att hans liv, ur ekonomisk synvinkel, var allt annat än dräglig.

För Hermans del hade det inte varit en stor sak att inte längre leva ihop med sin dotters mamma. Detta då slutet på äktenskapet hade haft en hel del brister med avseende på samförstånd och enighet. Så det hade blivit en rätt så odramatisk skilsmässa. En enkel separation där båda parter varit helt överens.

Nu var Herman Long singel och boende i en hyresrätt i Södertälje. Hans dotter var bosatt i Göteborg där hon pluggade på Högskolan. Han hade bra kontakt med henne och de hördes av på telefon två till tre gånger i månaden.

Nu var han på väg till sitt första jobb på nästan ett helt års tid.

Klädd i jeans, en omodern mockajacka, vit skjorta och slips vandrade han sakta fram mot huvudentrén till EuroCorp Internationals huvudkontor.

EuroCrops huvudkontor, som var byggt som en trevägskorsning. Där den kortaste tarmen var den som vette ut mot huvudgatan och där huvudentrén sträckte sig upp, likt en stor och mäktig glasportal. Som en portal in till ett glasomgärdat spelpalats.

Han gick in genom entréns stora glasdörrar och vandrade med långsamma steg och med fascination i blicken, fram till receptionen. Han betraktade den välkomnande men ändå på något sätt livlösa stora vestibulen.

Entrén var väldigt ljus på grund av att nästan hela den ena väggen bestod av enorma panoramafönster som gav dagsljus in i den enorma vestibulen. Man kunde se allt som hände utanför den stora entrén genom de gigantiska fönsterpartierna. Men från utsidan var det som mörkt spegelglas som gjorde att man inte kunde se in i receptionen. Väggarna, som var beklädda med ett ljust träslag, var vackert utsmyckade med ett mindre antal tavlor av modernt slag med mycket färger. Ett flertal kristallkronor hängde högt uppe i taket och förstärkte dagsljuset som kom in genom fönsterpartierna.

Till vänster innanför de öppningsbara

grindarna fanns en bred trappa som svängde sig i en halvcirkel upp mot våningarna ovanför.

Såg man rakt fram, om man passerade receptionen, som var bemannad av två kvinnliga receptionister och en manlig väktare, så kunde man se tre hissar. Hissar som tog anställda och besökare till någon av kontorets övriga våningar.

För att komma förbi receptionisterna krävdes att man hade ett elektroniskt passerkort eller att någon av receptionisterna tryckte på en knapp för att öppna de elektroniska grindarna. Grindarna var avskiljare mellan besökssidan och insidan av kontorets reception.

När Herman Long hade presenterat sig i receptionen hände något märkligt. Receptionisten såg nästan chockad ut och lyfte genast luren och pratade hastigt med någon i andra änden av linan samtidigt som hon log vänligt mot Herman. Han förstod inte vad som hände. Var det något som var fel? Det kändes som något var fel.

Hon hann knappt lägga på luren förrän det kom två kostymklädda gentlemen och en parant medelålders kvinna från hissarna. De stegade hastigt mot Herman med stora breda leenden på sina läppar. De vinkade åt receptionisten att öppna grindarna. Så tog de emot Herman. Alla tre pratade fort och mycket. Så pass så att de talade i mun på varandra. Herman kände på sig att något var riktigt ordentligt fel och funderade på att påkalla trions uppmärksamhet. Men han beslutade sig för att vänta lite. Han var lite nyfiken på vad detta skulle leda till. Han log hjärtligt mot de babblande herrarna och den paranta damen.

"Vi väntade er inte förrän nästa vecka", konstaterade mannen som såg ut att vara den äldste i sällskapet. Han hade ganska tunt hår, framför allt mitt uppe på hjässan, där det helt saknades antydan till hårstrån. Det fanns fanns en del mörkfärgat och smålockigt hår på sidorna, vid öronen och i nacken, kunde Herman se. Den äldste bar ett par glasögon i en senilsnodd runt halsen. Han såg ut att vara i ungefär samma ålder som Herman. Han presenterade sig som Per-Arne Svensson.

"Även kallad PA," förklarade han med ett leende. "Marknadsdirektör".

Den andra lite yngre mannen Robin Forslin. Såg nervös ut och nickade instämmande till allt som PA sa och försökte inflika kommentarer. Han var ljushårig, bar en enkel kavaj och hade vanliga jeans på sig istället för kostymbyxor. Herman hann inte uppfatta vad Robin Forslin hade för titel. De tre fortsatte att prata mycket och fort medan de förflyttade sig mot hissarna. Kvinnan, Gunilla, nånting, pratade än mer än marknadsdirektören och den yngre Robin Forslin.

Herman funderade på om han skulle avbryta dem. Men han bestämde sig för att vänta. Han funderade på vad det kunde vara som var fel. Men lite spännande var det. Han kunde inte riktigt förstå vad som hände. Men, tänkte han, det kommer väl snart en förklaring.

På ett ögonblick befann han sig plötsligt i en av hissarna på väg upp. På väg upp mot våning fem visade det sig.

Efter en snabb färd upp i hissen, som var fortsatt fylld av prat, prat och mera prat, så befann de sig på femte våningen.

När de klev ur hissen kom ytterligare tre personer fram emot dem. Allt gick väldigt, väldigt fort. Det var två män och ytterligare en kvinna. Alla pratade och småskrattade. Tog Herman i hand, nickade och presenterade sig. Namn och titlar, som Herman inte lyckades lägga på minnet. Han kände sig bara förvirrad. Skulle han säga något. Nej, inte än. Han bara log mot sällskapet. Sällskapet som talade i munnen på varandra. De babblade på som om de alla ville göra sig mest hörd. Alla verkade vilja visa upp sig från sin bästa sida för Herman.

Herman visste naturligtvis, att något var fel. Riktigt fel. Men för tillfället tyckte han att det var lite roande att betrakta de, som han antog höga chefernas spel. Ett spel som liknade ett orrspel, där de mest betraktade och bevakade varandra för att försöka överbräcka varandra.

Herman kände att det var fel läge att avbryta för att be om en förklaring. Så han bestämde sig för att, fortsatt bara spela med. Det skulle väl antagligen inte ta så lång stund innan de skulle upptäcka att något hade blivit fel.

"Har resan gått bra? Vi hörde att du skulle köra bil hela vägen."

Köra bil? Han hade ju åkt pendeltåg.

"Jag åkte kommunalt," svarade han med ett glatt leende.

Sällskapet skrattade. Den nya koncernchefen behagade skämta.

"Men resan gick bra?"

"Jodå. Tåget gick i tid."

Nya skratt och kommentarer.

De kommenterade mest mellan varandra. Det var som om de spände ut sig för att imponera .

Som ett hemligt maktspel och bevakning av varandra, istället för fokusering på Herman Long.

Skulle han avbryta dem och kanske försöka inflika att det var något som inte stämde? Men hans tankar blev snabbt omkullkastade. De var så intensiva i sitt orrspel så Herman insåg att han nog skulle vänta några minuter tills de hade lugnat ner sig i sin intensitet. Så han gjorde ingen direkt ansträngning för att försöka tillrättavisa sällskapet. Han var dessutom fortsatt nyfiken. Han ville se vart denna snurrighet skulle kunna leda till. Han förstod nu att de trodde att han var någon annan än den han var. Så han undrade vem det var som de trodde att han var.

Han slussades in i ett stort kontor med ett gigantiskt mörkt stort skrivbord framför en enorm ljus skinnklädd skrivbordsfåtölj.

Kontoret låg i slutet på samma utskjutande byggnadsdel där huvudentrén låg, men alltså flera våningar ovanför.

"Ursäkta, men jag tror....."

"Sitt ner, sitt ner. Vi får ta sakerna allt efter som. Det här blev ju lite oväntat, som det nu blev och så. Kanske ni behöver ta er lite tid att, ja. Att liksom komma igång?"

Tankarna for genom huvudet på Herman, som naturligtvis inte förstod någonting.

"Ni kom ju lite tidigare än beräknat så vi har tyvärr ingen utrustning klar. Astrid kan nog ordna det med lite hast."

Marknadsdirektören PA Svensson nickade mot den andra kvinnan som hade anslutit sig till sällskapet. Hon hade presenterat sig som Astrid Holgersson. Hans assistent. Assisten?

Hon var en ganska kort kvinna med ett godmodigt lite rundlätt, men vackert ansikte. Hennes rödlätta kinder, gjorde att hon såg snäll och lättsam ut. Inte så stram som den andra kvinnan Gunilla.

Astrid bar ett par ganska stora moderna glasögon och hennes ljusblonda hår var kortklippt. Hon hade glada ögon och ett skrattvänligt leende och fina skrattgropar. Hennes blick fick Herman att känna sig god till mods. Hennes klädsel verkade i denna omgivning korrekt. Hon bar en marinblå kjol, en vit blus med spets som delvis var täckt av en beige kofta och skor med halvhöga klackar.

Herman försökte ta in allt som hände, men det var svårt. Bakom skrivbordet fanns en stort fönsterparti som släppte in mycket ljus i det stora kontorsrummet. Fönsterpartiet låg ut mot gatan på framsidan av kontorskomplexet. Till höger inne på kontoret fanns en rad med skåp från golv till tak efter hela väggen och till vänster efter den ljusa väggen fanns en del konst upphängd. Ett mindre konferensbord. Ett runt bord omgivet av fyra mindre stolar.

Herman Long försökte värja sig, men satt plötsligt i den väldiga ljusa skinnklädda skrivbordsstolen. Den var riktigt skön.

Medan de sex personerna pratade dels med varandra och dels till Herman så försvann de, en efter en, ut ur rummet. Plötsligt så satt han där alldeles ensam och undrande vad det var som egentligen hade hänt?

Herman försökte samla tankarna. Han förstod att något var fel. Vad skulle han göra nu? Ingen hade lyssnat på honom. Fast, han hade väl inte allt för intensivt, försökt påkalla deras uppmärksamhet. Ingen av de hade heller märkt att något var fel. Kanske han ändå borde ha varit mer aktiv med att försöka påkalla deras uppmärksamhet? Skulle han bara smyga ut utan att någon märkte det? Han borde säga till någon. Berätta att det blivit något fel. Men vem skulle han säga det till?

Han funderade och funderade. Skulle han

kunde komma ut från kontoret utan att bli upptäckt? Troligtvis inte. Han bestämde sig för att vänta ytterligare ett tag. Det var ju en sjuk start på hans nya jobb. Skulle han bara vänta. Vänta tills någon kom och sa att det blivit fel? Skulle hela dagen gå? Skulle han i så fall vänta ut den här "sjuka" dagen?

Herregud. Vilken möjlighet att låtsas vara någon annan än den han egentligen var.

Han gick fram till fönstret och såg ut på gatan. Det vandrade personer ut och in genom den stora entrén nedanför honom.

Så återvände han in i rummet. Han slog sig ner i den enorma skinnfåtöljen. Han sträckte ut armarna och knäppte händerna. Så satte han händerna bakom nacken och såg sig runt i rummet. Han tänkte bara vara, resten av den här dagen. Det där med postavdelningen fick han väl ta tag i så fort som de upptäckte att han inte var den som de trodde att han var. Vem det nu var?

Eftermiddagen blev fylld av nyheter för Herman. Astrid, den trevliga assistenten och sekreteraren.

Han hade en sekreterare! En som skulle jobba på postavdelningen som hade en egen sekreterare. Inte illa. Nu jobbade han inte på postavdelningen. Inte just nu i alla fall.

Astrid Holgersson kom med en ny bärbar dator och en massa papper att fylla i. Bland annat kontonummer där hans framtida lön skulle betalas in. Ny smartphone. Senaste dyra modellen och passerkort så att han skulle kunna komma och gå som han ville i byggnaden.

Herman kliade sig i pannan.

"Jo, alltså," sa han. "Jag heter Herman. Herman Long."

"Jo, det vet jag," svarade Astrid glatt.

Så fortsatte hon.

"Synkroniseringen mellan dator och smartphone kommer nog tyvärr inte fungera förrän efter cirka en vecka."

Herman funderade. Skulle han försöka klargöra att allt egentligen var fel? Eller skulle han bara fortsätta att spela med tills de avslöjade honom?

"Det är lite spännande det här. Spännande och väldigt roligt, alltså," förklarade Herman. "Men något är fel i det här."

Astrid stirrade på Herman. Hon undrade om datorn inte var tillräckligt bra. Skulle hon beställa en annan?

"Nä, nä. Det är nog inget fel på datorn. Det är bara jag som är felet. Men det kan väl vara så ett tag till. Jag har väl inget att förlora."

Han log mot Astrid när han sa det.

Astrid skrattade. Ett klingande och trevligt skratt. Hon förstod inte vad han menade, men hon uppfattade hans kommentar som någon form av skämt.

Hon uppfattade mannen framför sig, hennes nya chef, som trevlig. Trevligare än hon hade förväntat sig. Hon hade inte hört så mycket om Herman Long innan. Men det hon hade hört var inte allt för upplyftande. Han skulle, enligt ryktet, inte vara en allt för behaglig person. Han skulle vara väldigt arbetskrävande och en helt humorbefriad streber.

Men den här mannen, framför henne, verkade inte alls vara på det sättet. Snarare lite tafatt, ödmjuk och gladlynt. Han var dessutom något äldre än vad hon hade föreställt sig honom. Från det hon hade hört. Han bar inte heller några exklusiva kläder eller andra attribut som man kunde förväntat sig.

"Ni är kanske inte förberedd för att starta arbeta direkt?" Astrid frågade lite trevande. Hon hade ju hört att han var en arbetsnarkoman och hon ville väl se vad han hade för krav gentemot henne.

"Jag har hört att ni har stor arbetskapacitet och stora krav. Jag hoppas jag kan motsvara era förväntningar."

Herman log hjärtligt och nickade lätt mot Astrid. Så ryckte han på axlarna och slog ut med armarna. Allt var bara galet. Han kände att han tyckte om Astrid. Det var första gången han träffade henne, men ändå kände han att han tyckte om henne. Hon ansträngde sig verkligen för att ordna det för honom. Hon gjorde det dessutom med ett leende på läpparna och med glada kommentarer.

Just nu önskade Herman sig att dagen skulle ta slut så han kunde smita ut. Han behövde nog fundera på fortsättningen. Skulle han ta sig hem efter jobbet för att aldrig mer återvända? Det här var ju inte riktigt vad han hade förväntat sig. Han skulle ju ha jobbat på postavdelningen. Han var ju egentligen inte anställd av EuroCorp utan på Proffice. Han var egentligen på Proffice, uthyrd till EuroCorp för att utföra vissa, av dem efterfrågade tjänster.

"PA vill träffa er efter lunch," förklarade Astrid. "Han kommer förbi senare. Om det passar?"

Herman bestämde sig för att tills vidare försöka hålla sig undan. Denna första galna, men ändå något intressanta dag.

Lunch? Det hade han inte tänkt på. Hur skulle

han hantera det här med lunch? Förväntade sig PA och de andra cheferna att han skulle luncha med dem? Det visste han inte. Hur skulle han i så fall hantera det?

När Astrid försvann för sin lunchrast, så bestämde sig Herman för att lite hastigt utforska byggnaden. Han hade ju redan ett eget passerkort. Så det skulle inte vara något problem för honom att vandra runt i byggnaden.

Han började gå genom korridorerna. Han mötte en del människor på vägen. Några hälsade vänligt och andra gick bara förbi honom, utan att titta upp.

Ryktet hade naturligtvis nått en del av personalen på det enorma kontoret. Ryktet att den nya koncernchefen redan var på plats. Men ännu visste nog ändå inte de stora flertalet om det. Något som Herman inte heller var helt på det klara med. Att han var koncernchef, visste han inte om. Men att han just nu spelade rollen som någon form av hög chef. Det förstod han.

Herman kollade var det fanns nödutgångar, egentligen visste han inte varför. Kanske var det hans undermedvetna som sa att han skulle ha koll på dem. Ett sätt för honom att hitta en nödutgång om eller snarare när allt galet skulle uppdagas.

Nästa check var toaletterna. Han kollade var han kunde hitta toaletter. Kissnödig? Jo, faktiskt väldigt kissnödig!

Han tog en av hissarna och åkte till andra våningar för att se hur det såg ut. Varför våning två? Kanske också det undermedvetna som sa till honom att befinna sig så nära bottenplanet som möjligt för att kunna ta sig ut, om han skulle behöva det.

På detta plan fanns ett stort kontorslandskap. Han hittade också skyltar som visade var det fanns cafeteria och pilar som visade vägen till gym, bibliotek och konferensrum. Men det var också skyltat till olika avdelningar.

Toaletterna blev dock fokus. Herman tänkte uppsöka en av företagets toaletter. Han hade bestämt sig för att inte träffa Per-Arne Svensson något mer den här dagen. Så han bestämde sig för att tills vidare gömma sig på en av toaletterna. Han visste egentligen inte varför. Han bara kände för det.

Han hittade en automat i en av korridorerna. En automat som sålde dricka, godis och enklare smörgåsar. Där köpte han en enkel ostsmörgås. Det fick bli dagens lunch. Han tog med sig ostfrallan och gick in på en av toaletterna på plan två.

Under eftermiddagen så var såväl Per-Arne Svensson som en del andra chefer förbi Hermans kontor för att tala med honom. Men han var ju inte på plats och Astrid hade ingen aning om var han befann sig. Men de antog att han var upptagen med sina tidigare uppdrag, kanske telefonmöten och därför inte hade tid för att träffa dem just nu. Vad de inte visste var att han defacto gömde sig på en av toaletterna på andra våningen. Han satt och försökte förstå sig på den nya telefonen som han hade fått. Han ville se vilka olika funktioner som fanns på den och om han kunde förstå sig på dem. Den var mycket mer avancerad än någon telefon som han någonsin tidigare hade haft. Herman var ingen it-guru, men han visste hur han skulle göra för att börja ladda ner appar och komma ut på nätet. Så han hade fullt upp, där han satt på toan på plan två och lekte med sin nya leksak.

Tiden rann snabbt iväg. Snart var klockan redan förbi fem på eftermiddagen, vilket han märket när det åter började kurra i magen. Han bestämde sig för att ta sig tillbaka till sitt kontorsrum, för att hämta sin jacka. Skulle han kanske kunna lämna telefonen och därefter smita ut för att kanske aldrig mer återvända. Han insåg att det här hade blivit så galet fel som det någonsin kunde bli. Så han fick väl återgå till att söka jobb. Han fick väl söka jobb annorstädes då Proffice troligtvis inte var så glada på honom då han, första dagen på jobbet, inte hade infunnit sig.

"Jag har ordnat en datorväska åt er."

Det var Astrid. Hon hade ännu inte lämnat kontoret.

"Det kan vara bra om ni tar med den så kan jag skicka lite datum och tider till er via mail. Jag hoppas det blir bra?"

Herman kände sig bakbunden. Hon hade väntat ut honom och var alltså kvar. Hon hade, i all välmening, väntat på honom för att kunna hjälpa honom.

"Jag har lagt alla uppgifter i datorväskan. Inloggningsuppgifter, kalender olika koder och en kontaktlista."

Hon hade verkligen lagt ner sin själ för att få det att fungera för den nya koncernchefen. Få det att fungera för honom, redan från hans första dag.

Herman ville absolut inte göra henne besviken. Han tog emot datorväskan med tillgjord glädje och verklig förtvivlan. Bara delvis tillgjord tacksamhet, men också äkta på grund av att han imponerades av Astrids engagemang och välvilja!

Han tog sin mockajacka och lämnade därefter kontoret. Nu försedd med mer än han hade haft när han hade kommit till EuroCorps kontor samma morgon. Nu bar han på en välfylld datorväska.

Han kanske kunde skicka tillbaka datorväskan med innehåll, telefonen och passerkortet via postverket?

Följande dag klev han dock åter in på EuroCorps huvudkontor. Han hade, nästan hela natten, legat och grubblat. Han hade funderat på hur han skulle förklara att allt bara var råkade vara ett misstag.

Han hade googlat och hittat anledningen till misstagen. Han fick fram att det fanns en annan Herman Long. En Herman Long som skulle bli ny VD och koncernchef på EuroCorp International. Men han skulle inte börja sin tjänst förrän kommande vecka. Det var förklaringen till att de hade sagt att han var tidigare än de hade förväntat sig.

Det gjorde att Herman nu måste förklara för alla inblandade hur det egentligen låg till.

Skulle han få återgå till att jobba på postavdelningen?

När Herman väl kom in till sitt kontor och Astrid började förklara vilka åtaganden som väntade honom under dagen så rasade all hans tilltänkta planering. Han visste inte vid vilket tillfälle han skulle tillkännage att han inte var den de trodde att han var.

Men å andra sidan. Han hade möjlighet att vara chef och VD under en hel vecka. Om han nu skulle ta den chansen. Den andra Herman Long skulle ju inte komma förrän kommande vecka. Det kunde bli lite roligt och kanske lärorikt och framför allt äventyrligt. Han fick väl strunta i jobbet på postavdelningen. Det var väl bara att han, lite snyggt, "gled ut snett till vänster" då den rätta Herman Long skulle dyka upp.

"Jag har lite att ordna med under dagen," förklarade han för Astrid. "Kan tänkas att jag inte kan närvara vid alla tilltänkta möten."

Astrid förklarade att hon förstod.

Herman, som dagen till ära hade satt på sig den enda kostym som han ägde. En mörkgrå fiskbensmönstrad sak från Dressman. Det var några år sedan han hade köpt den. Men nu kom den väl till pass. Han tog sin datorväska och lämnade sitt kontorsrum. Han tog hissen till andra våningen. Köpte en enkel macka i samma automat som dagen innan. Så fortsatte han in på toaletten som han också hade bekantat sig med dagen innan. Där satte han sig nu med låst dörr. Han öppnade sin bärbara dator för att försöka ta sig in i den och i de system som han kanske skulle behöva tillgång till. Han följde de instruktioner som Astrid hade berikat honom med. Han tänkte dock börja med att läsa mail och kolla i kalendern. Vad var det som han var kallad till och vad skulle han eventuellt missa?

Han hittade ett möte som skulle vara under eftermiddagen. Ett möte med några av de som han redan hade träffat. Mötet gällde internationella avtal. Varför även en avtalsdirektör skulle närvara.

Herman tänkte att det kunde vara intressant. Ett möte om avtal. Kunde vara spännande och var i högsta grad aktuellt för hans del. Han hade inget avtal. Kunde han lära sig något? Skulle det vara läge för honom att presentera sig som den han egentligen var?

Herman hittade konferensrummet som var bokat för avtalsmötet. I rummet fanns PA, som han hade träffat dagen innan. Likaså var kvinnan, Gunilla på plats. Hennes efternamn var Andersson och hennes titel var någon typ av produktansvarig. I rummet fanns också två andra personer som Herman inte tidigare hade träffat. Han tog i hand och log hjärtligt. En av männen, Markus tog till orda. Han var uppenbarligen den som var avtalsansvarig. Det som skulle dryftas var tydligen ett avtal som berörde en av företagets underleverantörer.

Markus förklarade hur avtalet skulle utformas, rent tekniskt. Men ville veta vilka eventuella krav eller önskemål man från EuroCorps sida ville få med i avtalet.

Gunilla, vars produktgren avtalet tydligen avsåg, menade att man hon kände sig osäker på underleverantörens förmåga att klara deras krav på leveranser. Varför hon ville få med en klausul där man redan i ett tidigt läge skulle kunna säga upp avtalet.

Herman förstod inte mycket av det som dryftades.

"Vad säger VD?"

VD?

Herman såg på de andra i gruppen som tystnat och såg på honom. Jaha, ja. Det var han som var VD. Så var det.

"Jag vet inte. Hur brukar ni göra?"

En kort tystnad. VD visste inte!

"Men vi vill kunna bryta avtalet om de inte lever upp till våra förväntningar," förklarade Gunilla.

"Men de kanske inte går med på ett sådant avtal. Känns inte som ett långsiktigt förtroende," menade PA Svensson. "Eller vad säger du, som VD?"

Herman såg på den lilla gruppen. Så ryckte han på axlarna.

"Jag har ingen uppfattning om det. Gör som ni tycker är bäst."

Förvåning syntes i gruppens ansikten. De fick bestämma helt själva. Ett faktum som innebar att det ställdes krav på dem att det blev rätt. Ingen skulle kunna säga, det var VD som sa.

PA Svensson visste inte om han skulle vara imponerad eller om VD verkligen inte hade en aning. Han kanske inte var så bra på avtal. Men det kunde vara så att han satte sin personal på prov.

Herman insåg att han hade fattat mindre, av det som hade dryftats, än han hade hoppats på. Fick nog bli att han tog det lite försiktigt framöver. Tills den riktige Herman Long skulle komma in i matchen. Om han nu bestämde sig för att vara kvar fram till dess.

De följande dagarna var Hermans officiella kontor tomt. Det fina kontoret med det enorma mörka skrivbordet och den bekväma ljusa specialbeställda, skinnbeklädda kontorsstolen. Ingen var där. Det var tomt. Den nya verkställande direktören var inte på plats. Istället hade Herman förflyttat sin arbetande kontorsverksamhet till sin favorittoalett på plan två. Där satt han i stort sett från det att han kom till kontoret på morgonen, fram till strax efter fem när de flesta hade lämnat kontoret. Han läste igenom sina mail. Det var en ansenlig mängd som strömmade in. Han försöka förstå vad man mailade honom om. Han kollade sin kalender och såg vilka möten han missade. Han kände att han ändå inte skulle kunna tillföra något på dessa möten. Affärsplaner och strategiska beslut för olika dotterbolag. Olika projektplaner som han ändå inte visste så mycket om.

De flesta mail som han fick in i sin mailbox sparade han, men vissa slängdes. Han hade dock ingen logik i sitt mailsparande. Det blev på något sätt, trots allvarliga försök, väldigt mycket på måfå.

Herman visste inte hur han skulle ta sig ur denna något märkliga situationen. Han insåg att han inte kunde fortsätta gömma sig på en toalett. Ville han göra något mer chefsmannamässigt nu när han hade chansen? Nått chefsmannamässigt som i värsta fall kunde bli galet. Men något mer skulle han väl göra innan den rätte Herman Long skulle inta sin plats i det exklusiva kontoret. Något roligt minne från sin vecka som verkställande direktör tänkte han att han ändå ville ha med sig. Så han bestämde sig för att ta tag i sin situation och åtminstone göra någonting. Något, förhoppningsvis bra, men framför allt minnesvärt.

Samma kväll läste han igenom alla de mail som hade kommit till honom de senaste dagarna. Han försökte sortera dem efter olika kriterier.

1. Mail som krävde någon form av beslut.
2. Mail om olika projekt.
3. Mail från olika personer av privat karaktär
4. Mail från externa parter
5. Viktiga mail från andra höga chefer

Han satt i stort sett hela natten och sorterade, läste och försökte förstå innehållet i de olika mailen. Han visste inte om han gjorde rätt, men han bestämde sig för att slänga ytterligare mängder med mail som han kände att han ändå inte kunde göra någonting med.

Några bestämde han sig för att försöka åtgärda på något sätt. Åtgärda på något sätt? Hur då? Det var några som gällde olika projekt med en massa siffror, diagram och obegripliga förklaringar som bilagor och med lika obegripliga slutsatser i. Han kände sig riktigt dum då han försökte förstå innehållet i dem. Men å andra sidan så tyckte han att han, som tillfällig chef, inte kunde godkänna något som han inte begrep sig på. Och det var godkännande till olika projekt som var det som det ställdes upp önskemål på från avsändaren.

Om inte Herman skulle godkänna dem, vad skulle då hända med dem? Kunde han bara låta det vara tills den riktiga chefen skulle vara på plats?

Följande morgon tog han sig till sitt riktiga kontor. Inte till de senaste dagarnas avskilda kontor på andra våningen.

Han hade svarat på en del av de obegripliga projektmailen som han läst under natten. Det gällde framför allt en del av de med de mest obegripliga diagrammen. De som han hade svårast att få ihop.

Robin Forslin var en de som hade skickat en del rapporter som Herman inte kunde förstå. Inte bara en del, utan faktiskt rätt många. Det var rapporter med förslag på projekt. Det ena mer obegripligt än det andra.

Då Herman inte kunde få ihop beslutsunderlagen så kallade han, dock med viss ångest, till sig Robin Forslin.

De träffades på Hermans kontor.

Forslin började med att försöka förklara vad en av hans rapporter syftade till. Men han kunde inte ens muntligt riktigt förklara så att Herman förstod. Så den rapporten fick alltså tills vidare läggas åt sidan. Forslin kände nog med sig att hans argument för projektet inte riktigt gick ihop. Han gick på nästa projektrapport. Vilken inte heller den gav några begripliga förklaringar till Herman. Han förstod inte vad Forslin menade. Han fick det att framstå som meningslösa projekt, vilka inte skulle kunna tillföra företaget några intäkter. Det förstod till och med Herman. Han var inte någon ekonom eller erfaren företagsledare. Men eftersom han inte kunde förstå meningen med projekten som Forslin presenterade, så ruskade han bara på huvudet.

Herman sa inget. Han kände att han inte fick något grepp om det hela. Skulle han bara säga nej? Varför inte? Hur skulle Forslin då reagera? Han ville säga nej. Om den riktiga chefen, när han kom på plats, skulle uppfatta dessa projekt som vettiga. Ja, då fick väl han återuppta dem. Men nu putade Herman bara missmodigt med munnen, samtidigt som rynkade näsan.

"Jag fattar inte. Hur menar du egentligen?"

Robin Forslin kliade sig på örat. Han visste inte vad han skulle säga. Hur skulle han förklara för VD?

"Jag vet kanske inte. Men för mig låter det där bara dumt," konstaterade Herman.

Han tyckte verkligen att det var dumt. Han fick inget grepp om projekten. Det enda han kunde se, var att de låste upp konsulter till stora kostnader. Var det nödvändigt?

Robin Forslin hade ett problem. Han ville inte stöta sig med chefen. Så nu när han kände att han inte riktigt kunde förklara vad det var han ville få fram, så tyckte han inte att det kändes riktigt komfortabelt. Skulle han få bakläxa av chefen?

Han gjorde ett sista försök. Han presenterade ytterligare en rapport. Ytterligare en rapport, som han hoppades på skulle ge något mer i hans favör.

Men chefen, det vill säga Herman, såg minst

lika missmodig ut inför denna presentation.

Robin Forslin stod framför honom och såg ut som en skamsen skolpojke. Han blinkade , grubblade och insåg att han inte alls hade verkställande direktören med sig i sina förslag. Det var snarare en verkställande direktör som inte var nöjd alls. Snarare missnöjd med hans projektförslag.

Robin Forslin hade en annan, långsiktig tanke med sina projektförslag. Något som han kände att han ändå också ville förklara. Alltså, en annan verkliga anledningen till de föreslagna projekten.

"Vi har i de flesta av dessa projekt enorma kompetensresurser," förklarade han. "För att kunna behålla dem, behöver vi dra igång olika temporära projekt. De kanske inte alltid känns så hundraprocentigt motiverade. Men vi måste hålla i kompetensen."

Vad var det han sa? Projekt som inte var motiverade. Det tyckte Herman lät som ännu dummare, än de obegripliga projektens mål och mening. Det var ett av de mest meningslösa argument han hade hört talas om. Vem var egentligen smartast i rummet? Var det den högutbildade projektchefen framför honom, eller var det han som satt bakom skrivbordet?

Herman satt tyst bakom det enorma enorma skrivbordet. Så satte han de båda händernas fingerspetsar mot varandra, som en riktig stadsman eller som en riktig verkställande direktör, troligtvis skulle ha gjort. Han betraktade skeptiskt Forslin.

"Varför förklarade du inte det från början?"

Människan menade att de skulle betala massor med pengar till en massa konsulter, bara för att ha dem som någon slags reserver. Betala för jobb som de egentligen inte behövde göra. För Herman lät detta inte klokt. Han kände, trots att han egentligen inte hade något ansvar vad gällde beslutsfattandet, att det här var helt galet.

Han fortsatte att betrakta Forslin. Så skakade han lätt på huvudet. En lätt, men tydlig skakning som visade vad han tycket om Forslins presenterade förslag.

"Jag vet ju inte. Jag kanske inte kan sånt här. Med det argumentet känns som, vad skall man säga? Dumt! Det är ju ännu dummare än de projekten som du har föreslagit. Kan man verkligen göra så?"

Forslin såg skamsen ut. Han hade inte varit helt ärlig mot VD. Men han ville ändå inte helt ge upp.

Han förklarade, med lite osäker stämma, att

han inte ville lägga ner alla de projekt som han hade föreslagit. Han var övertygad om att man skulle behöva dessa konsulter längre fram.

Längre fram? När var längre fram? Behövde man inte konsultkompetensen nu, så behövde man den inte. Det var i alla fall hur Herman såg på det hela.

Herman ville, i egenskap av att vara företagets VD, att Forslin skulle presentera tidsramar för när konsultkompetensen skulle kunna tänkas behövas. Något som han naturligtvis inte kunde. Han kunde inte peka på att de skulle behövas inom någon snar framtid. Forslins olika projekt blev därmed, i koncernchefens ögon, svårmotiverade. Och Forslin ville naturligtvis inte stöta sig mer med koncernchefen. Han kände att han skulle bli tvungen att lägga ner en del av de föreslagna projekten.

Forslin antog, även om han inte delade sin koncernchefs åsikter och slutsatser, att VD ändå visste vad han gjorde. Eller visste han inte det?

När Robin Forslin lämnade VD:s kontor så stod det klart att han inte skulle kunna behålla alla dessa konsulter. Speciellt inte om det inte fanns några projekt som de var involverade i.

Han skulle bli tvungen att släppa av mer än ett tiotal av dem. Sannolikt fler. Han ville ändå, tills vidare, försöka behålla större delen av konsultkadern. Han måste bara övertyga VD:n om vikten av att vissa av projekten i alla fall måste genomföras. Några av projekten hade faktiskt ett berättigande, ansåg Forslin.

Kapitel 3

Herman började måndagen med att sitta på sin ordinarie kontorsplats. Han förväntade sig att den riktige Herman Long skulle uppenbara sig. Det var ju måndag och det var ju denna dag som han skulle börja sitt nya jobb.

Vilket ögonblick som helst skulle han storma in genom dörren och fråga vad det var för en novis som satt på hans plats.

Men hela förmiddagen gick utan att någon annan Herman Long behagade storma in genom dörren till VD-kontoret.

Herman Long var bokad på något möte på eftermiddagen, men han bad Astrid att avboka det. Dagen flöt på. Han satt för första gången sedan han hade börjat på EuroCorp, hela dagen på sitt ordinarie kontor.

Detsamma gällde tisdagen och onsdagen. Han satt på sitt kontor, utan att åta sig några egentligt viktiga sysslor. Han var fortsatt bara väntande att den rätte Herman Long skulle uppenbarade sig. Men så blev det inte.

Ett nytt, vad Herman förstod, viktigt möte var inbokat till torsdagen. Ett möte han kände för att kanske vara med på. Så han bestämde sig för att faktiskt bevista detta torsdagsmöte. Med risk att han kanske skulle komma med icke relevanta kommentarer.

Det var möte med ledningsgruppen. En av de viktigare frågorna på agendan var att man skulle diskutera en större investering i ett stort tyskt företag.

Herman läste på alla gällande dokument inför beslutet, för att försöka sätta sig in i ärendet. Det var en väldig investering som man hade för avsikt att göra. Det fanns inga exakta belopp i dokumenten, men det fanns antydningar om storleksordningen miljoner, miljoner och åter miljoner. Fanns det så här mycket pengar?

Det tyska företaget, vars namn var SmithGruber Mechanische Werkzeuge Gesellschaft, var ett företag som konkurrerade på samma marknader som ett av EuroCorps egna dotterbolag i Centraleuropa. EuroCorp ägde i nuläget tolv procent i det tyska företaget. Nu som man nu alltså skulle diskutera om att eventuellt lägga ett bud.

Förslaget var att man skulle försöka köpa upp så stor del av det tyska företaget så att man skulle bli majoritetsägare.

Mötet hade ännu inte startat och Herman var något sen. Marknadsdirektören PA Svensson och Robin Forslin stod och samtalade utanför konferensrummet, när Herman kom gående längs med korridoren. De diskuterade de projekt som aldrig kommit igång. Projekt som hade avslutats på grund av VD:s hållning och inställning till dem. De båda cheferna var inte helt överens om, huruvida VD:s beslut om projektstoppen, var bra eller dåligt.

"Jag vet inte riktigt vad hans strategi är?"

Forslin ruskade på huvudet samtidigt som han ventilerade sitt missnöje. "Han är ju aldrig med på några projektmöten eller så. Verkar vara väldigt upptagen på annat håll."

Han sa det med viss sarkasm.

"Han skall vara med på mötet idag," konstaterade PA. "Och skall jag säga vad jag tycker, så är jag klart benägen att hålla med VD. Varför skall vi låsa upp en massa konsulter till vansinniga kostnader bara för att vi kanske har nytta av dem i framtiden?"

"Det handlar om kompetens," förklarade Forslin. "Det är kompetens som är svår att få tillbaka senare. Om vi skulle behöva dem."

"Om vi kommer behöva den ja. Men det vet vi inte. Vi får väl anpassa oss till chefens förslag. Tills vidare."

En synpunkt som Forslin inte riktigt var med på, men som han i nuläget ändå inte kunde göra något åt.

De båda cheferna tystnade då de såg att Herman närmade sig i korridoren. Han skred fram helt tomhänt, inga pärmar, ingen dator och inga mappar i händerna. Men med ett stort, brett leende på läpparna.

När han klev in i konferensrummet så var det flera av personerna, som Herman inte tidigare hade träffat. De kom fram till honom och sträckte fram sina händer. Presenterade sig hälsade hjärtligt. Herman tog i hand, nickade leende och gick snabbt vidare. Han tog ingen större notis om dessa, för honom, okända ledningsgruppsmedlemmar.

Herman hade funderat på det här med att vara med på detta ledningsgruppsmöte. Han hade funderat på vad han skulle kunna bidra med. Det visste han inte. Men så hade han läst igenom förslaget. Köpa upp ett stort tyskt bolaget, som egentligen var konkurrent till dem. Dessutom för väldigt, väldigt mycket pengar. Det var inte hans ansvar att lägga sig i. Men för honom lät det bara dumt. Det var ju väldigt mycket pengar som de tänkte investera.

Herman hade funderat på om han nu skulle våga utmana ledningsgruppen. Var det någon av dessa, sannolikt väldigt intelligenta och kunniga personer, som skulle avslöja honom om han gick emot dem? Skulle de se igenom hans beslut, eller hur skulle de hantera de beslut som han som högsta chef, eventuellt tänkte ta?

Herman kände att han inte hade några vettiga, affärsmässiga argument varför man inte skulle investera i det tyska bolaget. Därför tänkte han inte heller använda sig av några vettiga, affärsmässiga argument, för att eventuellt gå emot ledningsgruppens uppköpsförslag. Hur skulle de reagera? Spännande eller dumt? Spännande.

Ledningsgruppens medlemmar intog sina respektive platser vid det avlånga konferensbordet. Presentationen påbörjades. Presentationen om det viktiga förslaget om att köpa upp SmithGruber Mechanische Werkzeuge Gesellschaft. En presentation som avbröts emellanåt av frågor, kommentarer och instick. De flesta runt bordet tycktes dock eniga om att det verkade vara ett bra förslag. Ett bra förslag att investera, vad det nu var i hundratalet miljoner svenska kronor. Allt för att få majoritetsägande i det tyska företaget.

Herman satt tyst och betraktade ledningsgruppens medlemmar. De var sammanlagt tolv personer runt bordet, inklusive honom själv. Tolv personer, varav två kvinnor. Herman hade ju ingen koll på gruppen. Han betraktade dem med nyfikenhet och försökte skapa sig en uppfattning om de olika personerna, utifrån hur de agerade och efter vad de sa. Han kände att han kanske skulle tagit reda på mer om vilka de var. Något som hans kanske skulle ha gjort innan mötet. Kanske i någon form av förebyggande syfte. Fast, å andra sidan, varför då? Han skulle antagligen inte bli kvar på företaget i mer än ett par dagar till. Så vad behövde han veta om den samlade gruppen?

Situationen var för honom helt ny och därför också ganska spännande. Så han tänkte försöka njuta av den här nya situationen. Kanske pröva gränserna för sin nyvunna makt. Han skulle antagligen aldrig mer få sitta i en ledningsgrupp för att fatta beslut rörande ett hundratal miljoner kronor. Så det var bara att ta vara på chansen.

"Vad säger VD," undrade PA Svensson. "Känns det som det är ett bra förslag? Den utredning som vi har gjort pekar väl kanske på att det kan vara en bra långsiktig investering."

Herman såg sig runt bland ledningsgruppens medlemmar.

"Jag vet inte?"

Jag vet inte? Vad var det VD sa? Vad var det som han inte visste.

"Det är ett snabbt sätt för oss att öka vår marknadsandel i Europa i det här segmentet."

Det var en lång smal äldre, tunnhårig man som konstaterade det.

Större marknadsandel i det segmentet. Herman tyckte det lät rätt mycket som han svängde sig med fackligt snobberiprat. Marknadsandel i det segmentet.

Han funderade på pengarna som man hade för avsikt att lägga ut för detta uppköp.

"Vad ger det i pengar, frågade han?"

Det blev tyst. Så Herman fortsatte.

"Jag vet ju inte. Vi tänker alltså betala några hundra miljoner för att köpa aktier i det här bolaget. Hur får vi tillbaka de pengarna?"

Lät det dumt? Herman funderade på hur det lät. Hur skulle de få tillbaka de investerade pengar? Han var faktiskt lite nyfiken på vad han skulle få för svar. Han hade inte riktigt fattat om det fanns med i rapporten som han hade försökt förstå sig på.

"Det handlar om marknadsandelar," förklarade den långa, smala mannen, vars namn var Eberhart Bengtsson, som visade sig vara företagets etableringsdirektör.

"Det är väl klart att det betalar sig."

Han såg sig runt i rummet, utan att se på Herman. Det var som om han sökte stöd för sitt påstående.

Herman gjorde som han hade gjort vid sitt tidigare möte med Forslin. Han satte armbågarna i bordet och tryckte fingertopparna emot varandra. Som en riktig statsman.

"Att öka marknadsandelarna säger väl inte hur vi får tillbaka pengarna. Eller har jag fel? Hur lång tid tar det innan det har betalat sig? Jag vet inte, men finns det med i rapporten?"

Det var tyst. Var de andra redan överens om att man skulle investera flera hundra miljoner i det tyska företaget? Han visste inte.

"Är ni överens om detta," frågade han. "Är det viktigt med marknadsandelar?"

Herman såg sig om. Fortfarande med händernas fingertoppar lutande mot varandra, lutade han sig bakåt.

Han kunde se att det var några som inte såg helt säkra ut. Det gjorde att Herman kände sig styrkt i sin känsla för att det var väldigt mycket pengar som man "lekte" med.

"Jag har uppfattat att vi är vi överens om att vi skall lägga ett bud på det tyska bolaget," förklarade den äldre långa mannen?

Några av ledamöterna nickade instämmande. Men det såg ut som det var fler osäkra nu än innan Herman hade börjat ifrågasätta.

Herman sträckte upp ett pekfinger i luften för att påkalla uppmärksamheten. Han lutade sig fram över bordet.

"En fråga?"

Allas blickar vändes mot högsta chefen.

"Vad händer med vårat eget dotterbolag, som jag inte ens vet vad det heter? Det som är konkurrent till det tyska bolaget," undrade Herman?

En lång tystnad uppstod. Ja, vad skulle hända med deras egna dotterbolag?

Eberhart Bengtsson var den som tog till orda.

"Ja, de finns väl kvar, men kommer inte att verka på samma marknader längre."

Herman nickade utan att säga något. Han hade ju bestämt sig för att försöka utmana den här kadern av högutbildade, erfarna och sakkunniga höga chefer. Han funderade hur han skulle presentera sitt ologiska utspel, som gick ut på att de inte skulle investera i det tyska bolaget. Hur skulle han säga det? Vad skulle han säga? Herman sög lite på sin idé. Men, va fan! Vad kunde hända? Skulle de alla gå emot honom?

"Alltså, jag vet inte. Men vad heter heter det tyska företaget?"

Eberhart Bengtsson blinkade med ögonen. Så fortsatte Herman.

"SmithGruber Mekanik ... nånting. Det är ju ett omöjligt namn att uttala. Känns som ett omöjligt namn på ett företag. Det går ju inte uttala."

Några i sällskapet skrattade lätt åt VD:s kommentar. Han behagade skämta.

Herman betraktade sällskapet. Några fortsatte att le, som om det var ett skämt.

Men Herman fortsatte.

"Är det verkligen klokt att betala hundratalet miljoner för ett företag med ett namn som man inte kan uttala?"

Leendena försvann från ansiktena runt bordet. Nu var det istället stirrande blickar och öppna munnar som var vända mot Herman.

Vad var det han sa? Sa han att man inte skulle köpa upp det tyska företaget på grund av dess namn? Skojade han?

"Skojar ni? Jag kan hålla med om att det tyska namnet kan vara något svåruttalat. Men skulle det vara en anledning till att avstå uppköp? Ni skojar?"

Det var etableringsdirektören som tog till orda.
"Nej, jag skojar inte," förklarade Herman.
"Varför skulle jag skoja?"

Han såg ut över sällskapet. Han tyckte att det
såg roligt ut med de tio fågelholkarna som
förvånat stirrade på honom. Tio fågelholkar
och en Eberhart Bengtsson som såg ut som en
stridslysten tjädertupp.

"Ni menar väl inte att vi inte skall investera i
det tyska företaget på grund av namnet?"

"Det går inte att ha ett namn, som inte går att
uttala. Hur marknadsför man ett sådant
varumärke?"

Varumärke. Det lät passande. Han kanske
skulle ha lagt ordet marknadsmässigt också?

"Men, men allt pekar ju på att..."

"Jag vet inte. Men istället för att köpa, så
tycker jag att vi skall sälja. Sälj de aktier som
vi har i det tyska företaget," avbröt Herman.
"Sälj och lägg pengarna på vårat eget
dotterbolag. Det måste vara marknadsmässigt
bättre….och mer omdömesgillt."

Där fick han till det. Han tyckte att han fick till
det riktigt bra där.

Herman kände sig galet upprymd. Nu hade han
rört om i grytan. Han betraktade sällskapet,

som närmast verkade chockade. Skulle någon komma med något bra motargument? Han väntade. Ingen sa något. Så Herman drog ett djupt andetag innan han reste från sin plats.

Då öppnade Forslin munnen.

"Menar ni att vi ska vi sälja av alla våra tolv procent i SmithGruber Mechanische?"

"Jo," svarade Herman. "Så tycker jag."

Han nickade ett flertal gånger för att understryka att det var så han menade.

"Tyvärr måste jag lämna er nu. Jag har ett annat viktigt åtagande som jag måste ta tag i."

Nu fick han till det igen. Ett annat "viktigt åtagande". Han kände sig imponerad av sig själv.

Herman lämnade hastigt konferensrummet.

Han skrattade lätt när han skyndade bort genom korridoren. Bort mot sitt eget kontor.

Han hastade snabbt och väldigt upprymt förbi sin sekreterare Astrid. Han tog sin dator och försvann åter ut från sitt kontor.

"Jag blir borta på konferenser resten av dagen," förklarade han för Astrid.

Han började verkligen ramla in i rollen som VD och koncernchef. Men hur länge skulle detta kunna fortgå. Var fanns den rätta Herman Long?

Herman tog sig till sitt andra kontor på EuroCorps huvudkontor. Kontoret som han inte hade bevistat så mycket de senaste dagarna. Alltså, toaletten på plan två. Där satte han sig och jobbade i sin dator, resten av den dagen.

Samma kväll bestämde sig Herman för att ringa upp sin dotter, Sofia i Göteborg. Hur förklarar man för ens dotter att man just har gått från att vara arbetslös till att bli en av landets mest inflytelserika koncernchefer?
Herman log för sig själv när han slog numret.

"Hej Pappsen, hur mås det då?"
"Underbart. Helt underbart. Själv? Hur går det med studierna?"
"Det går bra. Hur är det på nya jobbet? Fungerar det? Är det bra att jobba på Proffice?"
"Javisst. Fast det är inte Proffice längre."
"Vad då inte Proffice? Har du redan slutat där?"
 Herman skrattade till.
"Nejdå. Eller på sätt och vis. Jag gick från att jobba som postsorterare till att bli koncernchef. Allt på en och samma dag.

Märkligt, spännande och lite galet?"

Sofia skrattade i andra änden av linan. Det var tydligt att hon trodde att hennes far behagade skämta.

"Eller hur, koncernchef. Du är för kul Pappsen. Men allvarligt, hur funkar det?"

"Jag skojar inte. Något har blivit så galet fel så man tror inte att det är sant. Så nu är jag koncernchef. Faktiskt."

Det blev tyst i luren.

"Du skojar?"

"Inte en sekund. Jag är, tillfälligtvis koncernchef och det är riktigt, riktigt roligt. Det är mycket roligare än att sortera post. Det kan jag lova. Jag har till och med en egen sekreterare. Förstår du? En egen sekreterare. Visst är det galet?"

En lång tystnad följt av en lång utandning från dottern.

"Du skojar inte?"

"Nej, jag skojar faktiskt inte. De har tagit fel på mig och på deras nya, blivande koncernchef. De tror att jag är han. Så jäkla sjukt. Men roligt och spännande."

"Men, men? Var är deras rätta chef då? Hur kommer det sig att de har tagit fel. Är det ingen som vet vem du är? Eller vam han är, typ. Eller…?"

"Lugn vännen. Lugn. Han har samma namn som jag. Alltså Herman Long. Han är ny på jobbet och han skulle varit på plats i måndags. Men han dök aldrig upp."

"Dök aldrig upp? Men han måste väl dyka upp nån gång? Vad händer då?"

"Jag har ingen aning," förklarade Herman. "Men jag kanske ska försvinna ut bakvägen, innan dess?"

Herman Longs dotter skrattade lite osäkert.

"Du är galen Pappsen. Totalt galen. Men, hur blir det med jobbet på Proffice?"

Herman funderade. Så svarade han.

"Det jobbet har jag nog redan förlorat. Jag skulle ju ha börjat förra veckan. Men det här kom ju, liksom emellan. Kanske skulle ringa upp dem och säga att jag blev tvungen att hoppa in som vikarierande koncernchef?"

"Ja, eller hur. Och det skulle de säkert tro på?"

"Äh, jag struntar i Proffice. Jag kör på tills den rätta Herman dyker upp. Sen får jag väl hitta på något annat. Man lär ju bli utsparkad, så fort han visar sig."

"Men hur blir det med pengar? Du kommer säkert inte få nån lön från Proffice när du inte jobbar åt dem?"

Det hade inte Herman tänkt på. Eller också hade han bara förträngt det. Men så var det förstås. Han skulle inte få någon lön från Proffice.

Han hade ju skrivit på sitt kontonummer på nått papper första dagen på jobbet. Han skulle antagligen få någon form av lön från EuroCorp. Åtminstone tills han skulle bli utsparkad. Så var det antagligen. Men, var det bedrägligt på något sätt? Kanske. Kunde han bli åtalad för det? Bedrägeri? Han kanske skulle smita ut bakvägen redan nu? Hur som helst i alla fall innan den riktiga Herman Long uppenbarade sig. Alltså, så snart som möjligt. Vad kunde han räkna med att få för straff? Om han inte behöll pengarna så skulle det väl knappast vara straffbart. Om det inte var straffbart, så varför skulle han inte fortsätta spela teater. Han levde, för tillfället, ett äventyrligt, oförutsägbart och spännande liv.

Det var en "Once in a lifetime"- upplevelse.

[-]

Herman hade en imponerande förmåga att, rent fysiskt hålla sig undan från möten. Samtidigt som han utan att delta i några möten eller fatta några direkta beslut, så var han ändå omärkligt påverkande i mycket av det som hände på EuroCorps huvudkontor.

Astrid, som var en klok kvinna med mycken observationsförmåga, började till sin egen förvåning fatta beslut åt Herman.

Det hade börjat med att hon hade fått en förfrågan från en av finanscheferna. Han hade sökt Herman för att få ett klartecken från honom. Som vanligt hade han inte varit på plats. Astrid hade förklarat att finanschefen hade sökt honom. Hon hade också förklarat hans ärende.

"Jamen, jag vet inte," hade Herman svarat till Astrids stora förvåning. "Vad tycker du?"

Astrid hade sagt att de säkert visste själva vad som var bäst. Det var ju en valutasituation som inte var någon stor sak. Men krävde ändå ett lite snabbare beslut.

Så efter besked från Herman, hade hon kontaktat finanschefen och meddelat honom att han kunde hantera det efter sin egen övertygelse.

Så fortsatte det. Många inte allt för jättestora beslut, men som ändå krävde VD:s godkännande, fattades av Astrid.

Astrid tog emot information. Gjorde en snabb bedömning och om hon ansåg att det inte var något jättestort beslut, men något som ändå krävde lite snabb hantering, så tog hon beslut åt VD.

Så fortsatte det. När det plötsligt behövdes snabba svar och VD inte fanns på plats, vilket var för det mesta, så fattade Astrid beslut åt Herman. Men hon informerade honom alltid i efterhand. Korrekt och riktigt informerade hon sin chef om vad hon hade sagt och vad som hade gjorts. Herman uppmuntrade henne genom att han alltid biföll hennes agerande. Inte så konstigt kanske då han faktiskt tyckte att hon hade betydligt mer kompetens och affärsmässigt kunnande än han hade. Om det var någon som satt inne med erforderlig information, så var det hon.

Astrid började dock känna att hon kanske skulle bromsa sig. Hon var ju faktiskt bara assistent. Så även om Herman verkade ha stort förtroende för henne och hennes beslut, så fanns risken att kunde det bli riktigt fel. Hon funderade på att mer prövande väga varje beslut som hon fattade. Hon kände att hon visste vad hon gjorde, men hon såg risken med att det kunde bli rutinmässigt fel. Något som kunde bli väldigt galet. Både för henne och för hennes chef.

Affärsplanering låg för dörren. Den skulle föregås av att koncernchefen skulle på en Eriksgata. Han skulle ut och träffa chefer och direktörer på dotterbolagen. Han skulle se på vissa av koncernens olika verksamheter i verkligheten. Han skulle få en praktisk bild av hur EuroCorp såg ut och verkade i världen.

Herman kände sig tudelad inför detta med Eriksgatan. Å ena sidan skulle han vara borta från kontoret. Han skulle alltså vara fysiskt oanträffbar. Å andra sidan så skulle han sannolikt hamna i nya situationer som han kanske skulle känna sig mindre bekväm inför.

Men det kunde kanske också ge honom en chans att fundera ut hur han skulle ta sig ur den rådande situationen. Om han nu ville göra det. Var fanns den rätte Herman Long? Vad skulle hända om han skulle dyka upp medan Herman var ute på resa? Eller skulle någon kanske avslöja honom under resans gång? Vad skulle då hända?

Kapitel 4

Den excentriske Raudvan Axelsson. Styrelseordförande i en mängd olika bolag och landets kanske mäktigaste finans- och industrimagnat.

Raudvan Axelsson bodde i ett trevåningshus på Östermalm. Han var naturligtvis ägare till hela huset. Han hade låtit bygga om det så att det passade hans excentriska önskemål. När man kom in genom trapphuset, som naturligtvis hade portlås med kod, så fanns det på första våningen två lägenhetsdörrar. Bakom den ena fanns en fyrarumslägenhet. Där bodde Raudvan Axelssons kokerska och städerska, Ann-Charlotte, med sin familj. Hon hade man och två barn i skolåldern. Barn var egentligen inget Raudvan uppskattade, men han accepterade sin kokerskas två barn. Hennes man jobbade inte åt Raudvan Axelsson utan var truckförare på ett lager i Hammarby.

Bakom den andra dörren på första våningen fanns också en fyrarummare. Den var Raudvans egna lägenhet. Inne i den lägenheten hade han låtit installera en hiss. Hissen kunde föra honom upp till våningen ovanför, där han hade en femrummare. På andra våningen fanns också ytterligare en lägenhetsdörr. Bakom den bodde Raudvan Axelssons allt i allo. Den medelålders ensamstående Martin som var både chaufför, assistent och livvakt. Han bodde i en trerummare, alltså mitt emot Raudvans femrummare.

Från Raudvans femrummare på andra våningen kunde man ta hissen upp ytterligare en våning. På den tredje våningen hade Raudvan inrett en lägenhet med hela åtta rum, som han hade helt för sig själv. I trapphuset fanns det dock fortfarande två lägenhetsdörrar. Men båda ledde alltså in till hans åttarummare.

Raudvan Axelsson, som var en bit över de sextio, betraktades allmänt som en rätt butter person.

Han var kort och mager. Väldigt tunnhårig. Så tunnhårig så att han var flintskallig högst uppe på toppen av huvudet. Han hade en liten kroknäsa. Insjunkna, men mörka och vassa ögon.

Förutom att han var butter så var han väldigt kategorisk. Han var tjurig och i vissa fall riktigt elak. Dessutom var han hypokondriker med en något överdriven bacillskräck. Sjukdomstillstånd infann sig till och från hos honom. Sjukdomstillstånd som ofta försvann lika fort som de hade uppkommit.

Hans bacillskräck var anledningen till att han hade en alldeles egen kokerska. Han åt inte gärna ute på restaurang. Han litade inte på att han skulle få "osmittad" mat om han åt ute på restaurang.

Men Raudvan Axelsson hade också en humoristisk sida. Lite udda, men ändå humoristisk sida. Den framkom när han fann det möjligt att hitta på små oväntade spratt med någon i sin närhet. Spratt som kunde leda till skratt. Oftast, naturligtvis på någons bekostnad. Var man den som blev utsatt så tog man det. Ingen ville konfrontera den Raudvan Axelsson. I alla fall inte någon av de som fanns i någon av de som fanns i hans närhet i företag där han satt som styrelseordföranden. Det vill säga företagsledare och andra högt uppsatta i något av de företag som han styrde. Ville man behålla eller förbättra sin position så lät man sig förlöjligas om så krävdes.

En gång hade två personer som representerade ett religiöst samfund kommit in i Raudvan Axelssons trapphus. De hade lyckats komma in i trapphuset i samband med att ett av Ann-Charlottes barn hade gått ut genom porten. De två välklädda religiösa männen hade ringt på dörren in till Ann-Charlotte. Hon hade inte öppnat, då hon just då hade varit i färd med att städa i Raudvans lägenhet på tredje våningen.

De två männen hade gått vidare till den andra lägenhetsdörren och ringt på.

Raudvan Axelsson hade öppnat och undrat vad männen ville.

Den ena mannen hade hållit upp en broschyr och förklarat att Jesus snart skulle komma, så han hade uppmanat Raudvan att förbereda sig för att ta emot Jesus.

"Min bäste man. Jag är Muslim och har inget med någon Jesus att göra". Hade Raudvan svarat, samtidigt som han hade visat upp sitt vackraste leende. I den mån det var möjligt för den korta och magra äldre mannen att visa ett hjärtligt och vackert leende.

Dörren hade stängts och de två männen hade tagit trapporna upp till våning två och våning tre och de hade vid fyra tillfällen sprungit på samma person. Alltså, Raudvan Axelsson som hade öppnat för dem och låtsats vara fyra olika personer. Något som hade förvirrat de båda religiösa förkunnarna.

Raudvan Axelsson var den som hade ringt upp påläggskalven Herman Long i London för att ge honom möjligheten att ta detta stora steg i sin karriär. Det som störde honom nu var att han hade svårt att få tag i sin nyförvärvade påläggskalv. Han hade vid ett par tillfällen sökt honom. Både via hans telefon, som via Herman Longs assistent Astrid Holgersson. Men det hade visat sig vara omöjlig att få tag på framtidslöftet. Raudvan Axelsson blev dessutom väldigt störd av att Herman Long inte återkopplade. Något som Raudvan inte var van vid. Vad var han för tuppkyckling som kunde ignorera sin styrelseordföranden.

Raudvan var inte bara hypokondriker. Han var också ett kontrollfreak. Han ville ha koll på allt på de företag som han på ett eller annat sätt var involverad i. Och han visste nästan allt som hände, vilket han hade stor nytta av då det var styrelsemöten. Det var ingen som kunde slå honom på fingrarna på dessa möten. Ingen direktör kunde lura i honom några ohållbara dumheter. Analytiska tabeller, diagram, osammanhängande förklaringar som Raudvan inte ansåg vara relevanta, köpte han aldrig. Han krävde realistiska fakta, som han dessutom ofta hade tagit fram förhandsinformation om.

Nu hade han märkt att det på EuroCorps projektkonton på bara några veckor hade fått sänkta kostnader. Det var i nuläget inte några större förändringar. Men ändå verkade det vara en tendens att vissa kostnader hade börjat gå ner. När Raudvan hade forskat vidare i det så såg det ut som en hel del dyra konsulter hade fasats ut. Ännu en anledning varför han önskade få kontakt med koncernchefen Herman Long. Det var en väldigt positiv trend. Kunde han driva verksamheten framåt med minskade kostnader. Det var i så fall en väldigt bra start av den nya koncernchefen. Men Raudvan ville veta mer. Var det en medveten strategi från nya koncernledningen eller var det tillfälligheter?

Skulle han göra ett oanmält besök på huvudkontoret? Raudvan var inte speciellt betagen av tanken att blanda sig med personer på EuroCorps huvudkontor. Inte mer än nödvändigt.

När det var styrelsemöten var han på plats, men annars avstod han gärna från att ta sig in till något av kontoren till de företag som han satt i styrelserna för. Men nu kanske han ändå skulle göra ett undantag. Ett undantag för att få en direktkontakt med sin nyförvärvade företagsledare. Utgångspunkten för ett oanmält möte kunde vara en diskussion om en långsiktig plan för en internationell expansion i Asien. Raudvan ville veta mer om hur den nya koncernchefen tänkte. Hur han såg på företagets möjligheter att expandera internationellt. Det var absolut läge för ett oanmält besök på EuroCorps huvudkontor.

Raudvan anlände till EuroCorps huvudkontor i sin Bentley Mulsanne som kördes av Martin, hans assisten och livvakt. Han hade naturligtvis en egen reserverad parkeringsplats snett utanför entrén in till huvudkontoret.

Raudvan var klädd i en lång, ljus rock av cashmere och stödde sig på en promenadkäpp med silverplatinerad snodd knopp. Han hade dessutom ljusa, nästan hudfärgade skinnhandskar på sig. De hade han inte för avsikt att ta av sig med tanke på alla bakterier som fanns i allt som han kunde ta i på denna plats så fylld av smittohärdar.

Raudvan var naturligtvis bekant för receptionisterna varför de stängda grindarna genast öppnades för honom. Helt utan att han behövde lyfta ett finger för att visa att han ville komma in genom de stängda grindarna.

Han gick raka vägen fram till hissarna. Det var

plan fem som gällde. Han visste var koncernchefen hade sitt kontor. Fast egentligen inte den här koncernchefen. Just den här dagen hade Herman Long tagit beslutet att låsa in sig på sitt kontor på plan två. Det vill säga toaletten, där han kände sig mer bekväm än i sitt exklusiva kontor på femte våningen.

Där satt han nu med sin fina bärbara dator i sitt knä. Han gick igenom sin mailbox, som tycktes svämma över av olika mail. Han kände det som ett heltidsjobb att bara läsa alla mail. Den söta fru Holgersson hade erbjudit sig att läsa alla Hermans mail och sortera och gallra åt honom. Han hade tidigare inte förstått poängen med det. Men nu började han inse att det kanske inte var en så tokig tanke.

Att Herman Long inte fanns på sin ordinarie plats störde till en början inte Raudvan Axelsson. Han satte sig inne på Hermans kontor. Han slog sig ner i den ljusa skinnklädda direktörsstolen. Där tänkte han sitta för att vänta in sin nya koncernchef.

"Kan jag skaffa något?" Det var Astrid som frågade. "Kaffe?"

Raudvan viftade nekande med handen och ruskade på huvudet.

"Ring upp honom. Jag vill tala med honom."

Astrid nickade och försvann ut ur rummet och till sitt skrivbord. Där lyfte hon telefonluren och slog numret till Herman Longs mobiltelefon.

Herman hann precis svara när hans telefon dog. Batteriet tog slut.

"Jag fick inte tag i honom", förklarade Astrid. "Samtalet bröts. Antingen har han dåligt batteri eller också har han dålig täckning."

Raudvan såg buttert på Astrid.

"Jag väntar."

Raudvan satt och funderade kring sitt förvärv, Herman Long. Han hade träffat honom vid ett par tillfällen när några företag hade haft årsmöten. Han hade verkat vaken, framåt och intresserad och hade visat speciellt intresse för EuroCorp. Han hade ställt många bra frågor. Detta var en av anledningarna till att Raudvan hade intresserat sig för den, som han uppfattade, intelligenta och driftige mannen. När han dessutom hade gjort en snabb karriär i det Engelska försäkringsbolaget, så hade Raudvan inte haft några som helst problem med att ersätta EuroCorps sittande VD, med den yngre Herman Long.

Den tidigare VD:n hade med sitt dementa beteende inte bara varit ett problem för koncernen. Han hade dessutom, med sitt sätt att bete sig, irriterat Raudvan Axelsson. Raudvan hade höga krav. Inte minst när det gällde de direktörer som han tillsatte. Raudvan Axelsson var inte heller förtjust i media och undvek att bli utfrågad av tv och tidningar. Något han överlät till informationsansvariga på de olika bolagen. Men nu hade han blivit inbjuden till en intervju i radiohuset. Han satt där och funderade på om han, för en gångs skull, kunde tänka sig att ställa upp på det. Det låg lite längre fram i tiden. Så han behövde inte bestämma sig i brådrasket. Samtidigt ville han inte gärna få frågor av privat karaktär. Han skulle i så fall begära att få se frågorna i förväg.

Tiden rann iväg och ingen Herman Long verkade uppenbara sig.
Raudvan Axelsson började nu bli irriterad. Han visste inte riktigt hur han skulle hantera denna situation. En av honom tillsatt direktör som verkade nonchalera honom. Antagligen upptagen med företagsändamål. Det var väl bra att man som nybliven koncernchef ägnade all sin tid åt koncernens väl och framgång. Men nu började det gå lite långt.

Nu visste inte Herman Long att styrelseordföranden Raudvan Axelsson satt och väntade på honom. Det insåg Raudvan också. Men, om det var något han inte tyckte om, så var det att behöva vänta. Det låg inte alls för honom. Köer var något som han bara inte kunde stå ut med. Så att sitta och bara vänta, utan att veta hur länge, störde honom.

Till slut reste han sig från skinnstolen och hastade ut genom dörren.

"Säg till honom att ringa mig," snäste han till Astrid.

Han gick med bestämda steg vidare i korridoren. Käppen klapprade mot golvet. Fram till hissarna där han snabbt försvann bakom hissdörrarna som långsamt stängdes om honom.

Herman Long använde sig till och från av sitt tillflyktshåll på toaletten. Nu återvände han till sitt kontor där Astrid tog emot honom. Hon förklarade att Raudvan Axelsson hade sökt honom och att han varit väldigt irriterad. Han hade varit lätt förgrymmad på att han inte hade fått tag i Herman Long. Så hon betonade vikten av att han kontaktade Raudvan Axelsson. Helst å det snaraste.

"Han är inte alltid väldigt rolig att ha och göra

med," konstaterade Astrid i ett försök att låta diplomatisk.

Herman log mot henne. Hennes glada och trygga leende fick honom nästan alltid att slappna av.

Herman satte sin mobil på laddning.

"Jag ringer lite senare, när jag har fått mobilen laddad."

Klockan hade blivit efter fem på eftermiddagen. Astrid tackade för sig och upprepade åter vikten av att han återkopplade till Raudvan Axelsson.

Nu satt Herman där själv och funderade kring allt. Det hade hänt väldigt mycket de senaste veckorna. Han insåg återigen att det inte skulle kunna fortsätta på det här viset. Han var ju faktiskt en bluff. Det var ju bara en tidsfråga innan han skulle avslöjas. Hans dotter i Göteborg, tyckte fortsatt att det var "supercool". Det var väl kanske något som gjorde att han själv också tyckte att det var rätt cool. Men nu började han fundera om det inte hade börjat gå över styr. Skulle han ringa upp Raudvan Axelsson? Men tanken på att åter vara arbetslös lockade inte. Han hade ingen större lust att åter ge sig ut för att söka jobb. Så han bestämde sig för att köra på ett tag till.

Han visste inte var den rätta Herman Long befann sig. Men det var tydligen inte heller någon annan som saknade honom. Men han måste väl dyka upp någon gång. Herman bestämde sig för att han fick ta tag i det då. Inte nu. Han förstod att om han skulle ringa upp Raudvan Axelsson, så skulle han bli avslöjad. Så den gode Raudvan Axelsson fick nog vänta ett tag. Han fick vänta till efter att Herman varit ute på Eriksgata.

Varför kasta bort en chans att få åka ut i världen på EuroCorps bekostnad?

Han anade att om han skulle ringa upp Raudvan Axelsson nu, så skulle den resan med all sannolikhet bli inställd. Det ville han inte. Det var ju, som sagt en jättemöjlighet att få se världen.

Herman började känna mer och mer för Astrid. Han undrade om han skulle kunna vara helt uppriktig och ärlig mot henne? Kanske skulle han göra en liten framstöt. Skulle han våga det innan han skulle ut på Eriksgatan? Hon var ju en klok kvinna. Han skulle kunna bjuda henne på middag. Då skulle han kunna ta det därifrån. Middag någon dag efter ordinarie arbetstid.

Hon skulle inte få uppfatta det som en date. Skulle hon uppfatta det som en date? Vad skulle hennes man säga? Var hon gift? En middag efter arbetstid kunde absolut missförstås. Men om han var tydlig med att han bara hade några viktiga saker, som berörde EuroCorp som han behövde diskutera med henne. Han skulle kunna säga att det var konfidentiellt. Konfidentiellt, det var bra. Då skulle han kunna skylla på att det inte passade sig att ta det under dagtid. Så, alltså utanför kontoret. Skulle det kunna fungera? Skulle det kunna passa henne?

Astrid visade en vana vid restaurangbesök som förvånade Herman. Fast, å andra sidan, varför skulle det vara förvånade? Astrid var den av de två, som uppträdde som den världsvana då de klev in på "Restaurang Galese."

De satte sig vid det bokade bordet och Astrid log uppskattande och glittrande mot Herman.

Det var ganska tomt på restaurangen så de hade sannolikt inte behövt förboka bord.

"Vad trevligt att bli bjuden på middag," konstaterade hon.

Herman svarade genom ett lite osäkert leende.

"Jag har lite jag behöver diskutera."

Herman hade funderat på vad han skulle säga. Han hittade bara ingen riktigt bra öppning. Han hade en plan. En väldigt ostrukturerad plan för vad han ville. Eller. Han hade ingen plan. Han ville prata med Astrid om att han inte var den som alla trodde att han var. Men skulle han verkligen, just nu tala om för henne? Vem han egentligen var? Hans grundplan var ju faktiskt att göra ett försök med det.

"Jag vill bara säga att jag inte riktigt är den jag verkar vara."

Astrid skrattade klingande.

"Nej det har man märkt. Du är mycket trevligare än jag och många andra trodde du skulle vara. Om jag får säga så? Du känns lättsam och är lätt att ha att göra med."

Herman vred på sig. Det här gick ju bra. Eller inte. Inte som han hade tänkt sig i alla fall. Han kände sig smickrad. Hur skulle han gå vidare nu?

"Det är kanske bra. Jag menar det är roligt att jag uppfattas som trevlig."

"Rolig, trevlig och snabb. Men.." Hon avbröt sig för ett ögonblick, innan hon fortsatte. "Trevlig, men lite osynlig. Emellanåt svår att få tag på. Det är väl så som de flesta uppfattar dig."

Hon duade honom för första gången. De talade som två bekanta. Två som kände varandra.

Herman såg ner på sina händer. Vad skulle han svara på hennes konstaterande att han var aningen osynlig?

"Jag förstår att det är mycket möten," fortsatte hon. "Men det som förvånar mig att det är så många möten som du är på, som jag inte känner till. Jag kan inte se dem inte i din kalender."

Herman såg på den lilla rundlätta blondinen framför sig. Hon var söt. Väldigt söt. Klok, söt, charmig och väldigt effektivt avslöjande.

"Jag hoppas att jag inte är för rättfram," fortsatte hon?

"Nej, nej inte alls," svarade Herman. "Det är intressant att vara en annan en den man är. Så nu är jag någon annan än den jag egentligen är."

Astrid såg på Herman. Hon skrattade till. Vad var det han sa? Vad menade han?

Hennes tankar avbröts av att hovmästaren kom med menyn.

De båda betraktade menyn under tystnad.

Astrid beställde in Lammfilé med ädelost och Herman valde Lax med stuvad potatis. Hon valde rött vin, medan Herman beställde öl.

Innan maten kom in så uppstod en ny lite

längre tystnad. Herman kunde inte plocka upp tråden igen. Han visste inte hur han skulle fortsätta, om han nu skulle fortsätta. Men så plockade han upp tråden genom att fråga.

"Om jag vill sluta, vem ska jag ta det med?"

Astrid skrattade.

"Sluta? Varför skulle du sluta? Det har hänt flera bra saker de senaste veckorna tack vare dig."

Hänt bra saker? Vad menade hon? Hade det hänt bra saker sedan han hade lurat sig in som VD?

"Men jag har ju inte gjort något," konstaterade Herman lite frågande?

"Några yngre ingenjörer har kommit vidare med sina idéer, vilket jag tror är din förtjänst," förklarade Astrid. "De var tidigare hindrade och upptagna av meningslösa projekt. Projekt som du faktiskt har lagt ner. Så nu har de kunnat jobba vidare med andra, bättre och mer givande saker."

Herman var förstummad. En bieffekt av hans projektnedläggande. Det lät ju bra, förstås.

Förstummad också av att hon var så insatt i detta.

Herman insåg att han i Astrid hade en betydelsefull kunskapskälla.

Hon hade en insikt i företaget som var mer än

imponerande.

"Du verkar väldigt, väldigt insatt i vad som sker på företaget."

Astrid log lite generat.

"Som vd-assistent måste man försöka ha kännedom om det mesta som händer och sker. Jag tycker att det är lite av mitt ansvar."

Herman skulle just fortsätta, men blev nu avbruten av att maten serverades.

Det blev en smaklig måltid där samtalet snart gled in på det privata. Det var väl Astrids vin till maten, liksom Hermans öl som gjorde att de snart gled ifrån ämnet, EuroCorp.

Astrid förklarade för Herman att hon var änka.

Änka. Så hon var inte gift.

Hon förklarade att hennes man hade dött fem år tidigare. Han hade fått lungcancer. Ett år hade han kämpat mot sjukdomen innan han hade gått bort.

Astrid förklarade att de hade levat ett bra, men inrutat liv. De hade gjort mycket tillsammans. Framför allt rest en hel del. De hade, båda två tyckt om resor. Då de inte hade fått några barn, så levde hon nu helt ensam.

Hon förklarade att hon nu mestadels levde för sitt arbete. Det var hennes liv. Arbetet och arbetskamraterna. Hon hade också en syster som hade tre barn. Det var den enda släkting som hon hade kontakt med utanför jobbet.

Herman å sin sida talade om att han hade en dotter som studerade i Göteborg.

En dotter? Något som förvånade Astrid. Hon förstod att det var mycket hon inte visste om sin chef Herman Long. Eller som hon kanske bara hade missuppfattat eller förutsatt. Han var inte i närheten av den person som ryktet om honom uttryckte. Vad hon hade vetat om Herman Long var att han skulle vara ungkarl.

En dotter? Från en tidigare tillfällig förbindelse, eller? Hon hade aldrig hört talas om att han skulle ha några barn.

Herman förklarade att han egentligen var en rätt tråkig person. Intresserad av fotboll. Astrid kontrade med att hon föredrog hockey. Mera fart och fläkt och hårdare tag menade hon.

De skrattade.

Herman försökte ta upp ämnet som han från början hade tänkt diskutera. Men efter ytterligare starköl så spårade det ur. De pratade om helt andra sker. Det blev prat om Fotboll kontra hockey. Om kortspel och korsord, som faktiskt intresserade dem båda. Herman tyckte att Astrid var rolig och vinet hade också stigit henne åt huvudet. Så hennes integritet fick sig en törn. Hon drog några dråpliga historier om personer på kontoret. Historier som fick Herman att skratta gott. Hon berättade också en och annan hemlighet om de andra direktörerna. Även en del om hur hon såg och uppfattade deras personligheter. Om ventilerade sin uppfattning om deras drivkrafter och mål. Några av dem var, vilket hon inte uttryckte rakt på sak, rena psykopater.

Kvällen avslutades utan att Herman hade kommit i närheten av målsättningen med middagen. Han hade ju haft för avsikt att få lite uppslag av den kloka Astrid Holgersson. Lite uppslag på hur, om och när han skulle avsluta detta teaterstycke. Ett teaterstycke som han, om han var ärlig mot sig själv, delvis själv var skyldig till. Men något sådan diskussion hamnade de inte i under hela kvällen.

Herman blev allt mer imponerad och förtjust i sin sekreterare Astrid Holgersson. Hon hade ett kunnande, framför allt om företaget som var imponerande. Hon var trevlig, rolig och väldigt söt. Han började faktiskt, var han tvungen att erkänna för sig själv, känna sig betagen av denna kloka, söta människa. Var det vettigt?

Vad det var för konfidentiellt ämne som de skulle ha diskuterat på restaurangen framkom aldrig. Inget konfidentiellt hade diskuterats, mer än några icke officiella kommentarer som Astrid hade fält om en del av företagets olika chefer. Kanske var det bara det som hennes chef ville få fram. Personliga kommentarer om olika personer.

Just i denna stund, efter några glas vin, när hon satt i en taxi på väg hem efter en lång arbetsdag, avslutad med middag med chefen, så brydde hon sig inte om eventuella avsikter med middagen. Hon hade haft trevligt.

[-]

Vem var den andra Herman Long? Den rätte Herman Long. Det måste finnas en bild av honom någonstans. Vem var han och var befann han sig. Varför hade han inte kommit in till kontoret när det var tänkt? Det var många frågor som emellanåt snurrade i Hermans huvud.

Hans dotter Sofia kunde kanske hjälpa honom. Hon kunde vara som en liten igel när hon satte den sidan till. Det visste han.

Han bestämde sig för att tillfråga henne. Kunde hon hjälpa honom att ta reda på mer om den verklige, den andra Herman Long.

Istället för att ringa upp Raudvan Axelsson så slog han numret till sin dotter Sofia i Göteborg.

[-]

På Proffice förstod man inte vad som hade hänt. Han som skulle ha kommit för att jobba på postavdelningen på EuroCorp hade aldrig dykt upp. Anledningen förstod man inte.

Det som hade hänt, var att det hade blivit något fel fast det var rätt. Man hade fått in de riktiga uppgifterna från arbetsförmedlingen. Fast det hade ändå blivit fel. Den som hade tagit uppgifterna på arbetsförmedlingen hade skrivit in Herman Longs förstanamn som tilltalsnamn. Alltså, John Long istället för Herman Long. Det föll sig naturligt då hans namn var John Herman Long. Alltså, John före Herman.

Det i sin tur resulterade i att man hade förväntat sig att den från Proffice, som skulle anmäla sig var en John Long. Men John Long kom aldrig och anmälde sig. Istället hade

Herman Long kommit. Vilket hade varit starten på den galenskap som sedan hade fortsatt. En galenskap som Herman Long egentligen inte ville ta sig ur. Inte just nu i alla fall.

På Proffice menade man att det inte var så konstigt att den där John Long hade varit arbetslös så länge. Att inte dyka upp när man väl hade fått jobb. Det var en mindre bra egenskap hos en som verkligen ville ha ett jobb. Den attityden skulle sannolikt rendera den personen mycket dåligt renommé. Han skulle säkert få svårt att överhuvud taget få ett jobb i framtiden. Absolut aldrig på Proffice i alla fall. På Proffice hade man tvingats skaffa fram en ersättare för John Long. En annan Prafficeanställd hade alltså, efter viss försening, fått tagit John Longs plats på postavdelningen. Mindre bra service från Proffice sida. Detta då det fanns ett avtal mellan kund och tjänsteföretag. I det här fallet mellan EuroCorp och Proffice. Det var viktigt att man som tjänsteföretag levde upp till kundernas krav och önskemål. Annars fanns det alltid risk att ett avtal, vid ett påföljande upphandlingstillfälle inte skulle förlängas.
Nu var det ingen "big deal". Men man hade,

vad gällde deras service gentemot EuroCorp, hamnat i ett par dagars glapp.

[-]

Dagarna innan Herman skulle ut på resande fot, så fick han sitt första lönebesked. Ett första lönebesked från EuroCorp International. Ett lönebesked som fick Herman att hicka till.

Han betraktade lönebeskedet och undrade om han läste rätt. Han blinkade ett flertal gånger. Blundade under ett par sekunder och tittade därefter åter på lönebeskedet. Han förstod att han som koncernchef, om han nu var det, naturligtvis skulle ha mer betalt än en Profficeanställd postsorterare.

Men femtio gånger mer i lönekuvertet, än han skulle ha haft som anställd av Proffice. Kunde det verkligen vara rätt?

Han tittade ännu en gång på sitt lönebesked.

Häftigt, eller skrämmande eller fantastiskt?

Vad skulle detta leda till framöver?

Hur skulle det gå när han skulle bli avslöjad? För avslöjad skulle han ju bli. Det var ju bara en tidsfråga. Kunde det betraktas som ett bedrägligt beteende från hans sida? Herman bestämde sig för att det inte var så. Han hade inte bett om denna gigantiska lön. Det var ju de, på EuroCorp, som hade trott att han var den nya koncernchefen. Men tanken fanns där ändå. Det skulle kunna innebära någon form av bedrägeri och i så fall någon form av strafföreläggande.

Kapitel 5

Herman Long hade landat på Schiphols flygplats. Han var inte så berest. Han hade tidigare bara åkt charter ett par gånger. Och då direkt till Kanarieöarna. Så att resa reguljärt och att mellanlanda och byta flyg var inget han var bekant med.

Han hade precis klivit in på flygplatsen efter ankomst från planet från Stockholm. Nu skulle han söka upp rätt gate för att byta flyg till ett plan som skulle ta honom vidare till USA. Herman såg sig om och försökte få grepp om var han skulle ta sig. Schiphol, en gigantisk flygplats. Han vandrade fram genom den enormt långa korridoren som var fylld av människor som var på väg åt alla tänkbara håll. Några ankommande och andra på väg ut till andra platser i världen.

Herman fann en informationstavla. Han fick klart för sig vid vilken gate hans tilltänkta plan skulle avgå från. Men efter avgångstiden fanns en markering "Cancel". Herman förstod ingenting och visste inte hur han skulle agera inför det mindre glädjande beskedet. Var hans plan inställt? Han fortsatte dock genom flygplatshallen mot den gate som hans plan skulle ha avgått från.

På vägen fram såg han en färgad man stå och argumentera med flygplatspersonalen. Han hade uppenbarligen stora problem och han verkade mäkta upprörd. Han talade fort och slog ut med armarna som för att visa att han inte hade något. Att han saknade något och att han var maktlös.

Herman såg på mannen, som tydligen försökte få hjälp från flygplatspersonalen. De verkade dock, trots hans förtvivlade gester och förklaringar, rätt kallsinniga till den färgade mannen. Några passagerare stannade till och såg på mannen, men så fortsatte de med bestämda steg mot sina respektive destinationer.

Herman bestämde sig också för att gå vidare.

Väl framme vid gaten, som han skulle gått genom för att komma till sitt nästa plan, försökte Herman få en förklaring till varför hans flyg hade blivit inställt. Flygplatspersonalens representant. En medelålders kvinna med allt för mycket rouge i ansiktet och väldigt rödmålade läppar, log avmätt mot Herman men gav ingen förklaring. Hon förklarade bara att hon var ledsen att hans flyg hade blivit inställt. Hon försäkrade dock att han skulle bokas om till ett nytt flyg redan följande morgon. Han skulle därför få möjligheten att spendera natten på hotell.

Herman var inte typen som stressade upp sig eller blev speciellt arg över missräkningar. Han kände sig bara förvirrad och osäker på hur han skulle agera. Hans resa till USA för att visa upp sig på EuroCorps kontor i New York skulle bli en dag försenad. Det var det hela. Inget att jaga upp sig för.

Den överdrivet sminkade och allt för parfymerade flygplatsvärdinnan vid gaten, sträckte fram ett papper och förklarade på bruten engelska att detta var hans voucher till Hotell IBIS intill flygplatsen.

"Voucher?"

Kvinnan förklarade att det var en biljett som fungerade som betalning på hotell IBIS. Han skulle på flygbolagets bekostnad få spendera natten på hotell. Detta för att åsamka honom så lite obehag som möjligt, på grund av det inställda flyget.

Samtidigt som Herman tog emot biljetten till hotellet så kom den färgade mannen som Herman tidigare hade sett. Den färgade mannen som hade problem som han tydligen inte lyckades lösa. Mannen, som troligtvis var från Afrika eller kanske Afroamerikan. Trots

Hermans inte överdrivet goda Engelska, så kunde han ändå bedöma att den färgade mannen troligtvis ändå inte var från USA. Troligtvis inte heller från England. Det var tydligt att hans engelska, som var oklanderlig, hade dialektala toner som avslöjade att han kanske kom från någon annan del av världen. Alltså troligtvis Afrika, tänkte Herman.

Mannen som var yngre än Herman, såg ut att vara vältränad. Han hade ett godmodigt uttryck i sitt fasta men grova ansikte.

Han visade en bedrövad min samtidigt som han förklarade för den överdrivet sminkade flygplatsvärdinnan att han dels hade förlorat sitt bagage och dels blivit bestulen på sin plånbok med pengar, flygbiljett och kreditkort.

Han skulle tydligen ha rest med samma plan som Herman till USA. Men nu hade han inget som visade att han skulle vara med på den inställda flighten.

Kvinnan såg lite trött och besvärat på den färgade mannen som om hon trodde att han var en lögnare.

Mannen slog ut med armarna och visade sitt pass. Det var den enda värdehandling han hade kvar. Han bad kvinnan kolla på datorn om han fanns med på passagerarlistan.

Men hon var kallsinnig och meddelade att han

fick återkomma följande dag.

Herman såg på mannens sorgsna och förtvivlade min.

"Excuse me! I heard about your problem."

Mannen såg på Herman.

Herman förstod inte egentligen varför han la sig i den färgade mannens problem. Men på något sätt kände han sig lite dum där han stod med en biljett till ett dubbelrum på hotell Ibis, samtidigt som den färgade mannen tydligen skulle tvingas tillbringa sin natt på någon bänk i flygplatskorridorerna.

Herman tyckte att den färgade mannen såg ut att vara en sådan som reste mycket. Alltså, en betydligt mer van resenär än han själv var. Bara mannens kostym såg ut att vara något mer exklusiv slag än den Dressmankostym som Herman bar. Dessutom hade han ett armbandsur som skvallrade om lite dyrare smak och leverne än det som Herman var van vid.

Då Herman kände det som om mannen var betydligt mer berest än han själv. Så skulle han nog kunna vara en tillgång när de kom till Ibis. Han skulle ju dessutom med samma plan som Herman följande morgon så han kunde absolut vara till hjälp.

Resultatet av Hermans plötsliga välvilja till mannen, vars namn var Aasir Kipgunda, blev att de tillsammans åkte med en flygbuss till hotell Ibis. Där hamnade Aasir, som planerat, i samma rum som Herman Long.

Hotellrummet bestod av en dubbelsäng mitt i rummet och ett stort fönster längst in i rummet. Fönstret vette ut mot en väl trafikerad gata utanför. Framför fönstret fanns ett långt skrivbord. Herman kände sig inte väldigt bekväm med att dela säng med en främling. Men nu hade han ändå tagit det beslutet och fick väl stå sitt kast.

Aasir var väldigt trevlig och visade stor tacksamhet till Herman. Hans första åtgärd när de hade installerat sig och när de hade bestämt vem som skulle ligga på yttre respektive inre delen av sängen, var att ta tag i telefonen som fanns på rummet.

Han bad om en linje ut för att ringa externsamtal. Han förklarade för Herman att han skulle ordna upp med biljetter och pengar redan till följande dag. Då skulle han kunna resa vidare till USA. Tillsammans med sin nya bekantskap, Svensken Herman Long.

Följande morgon konstaterade Herman att han hade sovit mindre bra. Vilket dock inte gällde hans rumskamrat Aasir. Herman hade fått stå ut med sin rumskamrats snarkningar långt in på natten.

En trött Herman avnjöt den rätt enkla hotellfrukosten. Han avnjöt den tillsammans med den betydligt piggare Aasir Kipgunda. Samtidigt som de satt och avnjöt frukosten, kom det ett bud med paket till Aasir. Han öppnade det, allt medan Herman fortsatte att sätta i sig av frukostbufén.

Paketet innehöll både pengar, biljetter och en del andra handlingar som Aasir kunde behöva.

Nu när han åter var stadd i kassan, tänkte han köpa på sig en del extrakläder. Så efter frukosten försvann Aasir för att ordna till lite inköp åt sig. Herman hade däremot inget speciellt för sig i väntan på avgången mot det stora landet i väster. Så han återgick till hotellrummet, där han låg kvar en stund innan han checkade ut.

Lagom till incheckningen på flygplatsen så återkom Aasir. Han sa att han såg fram emot deras resa över Atlanten.

Ett antal timmar i luften innebar mycket lång tid för de nyvunna vännerna att bekanta sig med varandra.

Aasir som kom från Kenya, visade sig tillhöra något FN-organ med namnet UN-Habitat. De pysslade med utveckling av infrastrukturen i u-länderna. Det visade sig att Aasir mycket väl kände till EuroCorp. Detta eftersom EuroCorp var ett av många företag som fanns med bland de företag som FN-organet tog in offerter från när det gällde införskaffande av nödvändig utrustning. Sådan utrustning som de köpte in för att bygga upp standarden i fattiga byar och städer i behövande u-länder ute i världen.

Herman försökte på sin knackiga engelska förklara att han egentligen var ett stort missförstånd, men att han inte hade lyckats förklara det för den organisation som han var satt att leda och styra över. Han menade också, fortsatt på sin knackiga engelska, att inte heller ville avbryta sitt skådespeleri. Nu satt han kvar som chef bara för att få chansen att besöka USA på firmans bekostnad.

Aasir skrattade hjärtligt. Den där svensken var inte bara trevlig och hjälpsam. Han besatt dessutom en stor skopa med humor. Svensken talade allvarligt och menande att han var en bluff. Aasir menade att svensken måste vara en otroligt duktig skådespelare om han lurade hela ledningsgruppen på EuroCorp och dess organisation. Mycket humoristisk! En bluff! Vem var inte en bluff, på ett eller annat sätt?

Resan över Atlanten gick smärtfritt och snart landade man på LaGuardia Airport i USA, där Aasir och Herman skildes åt. Aasir tackade återigen den svenska koncerndirektören för all hjälp. Han bedyrade att han skulle försöka återgälda Herman på något sätt. Något som Herman bara försökte vifta bort.

Herman kom igenom alla kontroller utan några större problem och tog sig med en taxi till södra Manhattan, där EuroCorps kontor var beläget.

Så fort han stegade in till kontorets reception, som var belägen på artonde våningen i ett av New Yorks alla skyskrapskomplex, så kände han visst obehag.
Flera personer kom emot honom. De hälsade lismande och inställsamt på honom. Han visades runt och blev också tilldelad ett tillfälligt kontor. Det var som vid hans första inträde på EuroCorps huvudkontor i Stockholm. Alla talade i munnen på varandra. Som om alla ville vara den som var bäst på att avbryta alla andras prat, för imponerade på den

nya "Alfahannen". Den nya koncernchefen.

Skillnaden mot Stockholm var att här använde man sig av EuroCorps koncernspråk, som var engelska. Inte en av Hermans starkare sidor. En ytterligare anledning att kanske inte ville säga så mycket. Också en anledning till att han kände obehag.

Han skulle vara i New York i fem dagar. Han kände sig inte alls bekväm med att delta på dessa möten där man bara pratade engelska. Möten där han sannolikt skulle ha mycket svårt att förstå allt som sas, samtidigt som några säkert räknade med att han skulle komma upp med fantastiska, kreativa beslut. Fantastiska kreativa inlägg på sin knackig engelska. De eventuella beslut som skulle tas, hade nog redan kommit fram via kloka och genomtänkta beslutsunderlag.

Det var underlag som Herman visste redan på förhand att han inte begrep så mycket av. Han hade fått många av dem mailade till sig och han hade läst igenom en del. Men då även de var skrivna på Engelska så kände han sig inte så komfortabel med dokumenten som han skulle önskat.

Vad skulle vara hans bästa strategi? Var det att göra som hemma i Sverige. Skulle han börja med att se sig runt på kontoret i New York.

Han behövde finna på var han eventuellt skulle kunna, råka hamna på en konferens. En hemlig konferens, som bara han kände till.

Kontoret på artonde våningen i New York var jättestort. Så den tänkta strategin skull sannolikt kunna fungera även här. Åtminstone de få dagarna han skulle vara kvar här. Alltså, var fanns det en bra toalett som han kunde använda sig av? Toaletterna på New York kontoret var gigantiska och otroligt luxuösa. Det var lika snyggt och lyxigt att sitta på toaletten och jobba, som att sitta på en av kontorsstolarna i ett av kontorsbåsen som fanns på kontoret.

Toalettrummet, som Herman hittade, hade fyra separata bås och två handfat. Väggarna var bärnstensfärgade. Golvet var i rödbruna stora glansiga klinkers med stjärnmönster som ingav ett extra exklusivt intryck. Dörrarna till båsen var i mahogny.
Herman valde båset längst in som sin tillfälliga uppehållsplats.

Herman Long var inbokad på Fitzpatrick Manhattan hotell. Så denna första dag lyckades han lämna kontoret tidigt för att installera sig på sitt hotell.

Men redan nästa dag satte han sin strategi i verket. Tidigt på plats och sedan raka vägen till toaletterna. Inte tomhänt, men väl med sin bärbara dator under armen.

"A conference. Over there," förklarade han för receptopnisten och fladdrade med handen mot det håll där toaletterna var belägna.

Med hjälp av sin dator, skulle han kunna jobba trots att han större delen av dagen skulle befinna sig på konferens på kontorets toalett.

Att han var på plats visste man då han faktiskt hade passerat receptionen. Han hade dessutom sagt att han skulle på konferens. Så han fanns någonstans i byggnaden. Men ingen visste var.

Han lyckades inte undvika alla möten. Han hamnade i ett möte med några, som han uppfattade som distriktschefer. De hade en ny organisationsplan som de ville presentera. En av männen förklarade snabbt vad de hade kommit fram till och ville nu att chefen, det vill säga Herman Long, skulle komma med inspel. De inbillade sig att han var en duktig organisationsbyggare. Något som Herman naturligtvis inte var.

"I dont know, konstaterade han bara. "How do you want to do?

Ja, hur ville de göra? Fick de bestämma helt själva? Helt utan högsta chefens inblandning? Uppenbarligen!

En morgon när Herman var på väg upp med hissen hamnade han i samspråk med en väldigt pratglad, men lite bitter yngre man. De var bara han och den yngre, ganska långhåriga och skäggiga yngre mannen i hissen.

Allt medan mannen deklarerade sina åsikter så blev det inte bättre än att hissen just denna dag stannade mellan två våningar. Fel på hissen.

Den yngre mannen verkade inte speciellt bekymrad över stoppet. Han bara fortsatte med sina förklaringar och negativa beskrivningar.

Han klagade på bristen på förståelse från finansiella investerare.

De vågade inte investera i ny teknik, menade han. Han förklarade att han själv drev ett företag som jobbade med nyutvecklad teknik, som de större företagen inte förstod sig på. Vilken resulterade i att han hade svårt att driva sina innovationer framåt i den takt han önskade.

Herman förstod inte allt som mannen sa. Den yngre, skäggige mannen pratade väldigt fort och med en amerikansk accent som inte gjorde det lätt för den inte fullt så språkbegåvade Herman Long.

Mannen hann förklara en osannolik massa av saker om sitt företag och om deras produkter.

Mannen hade snabbt uppfattat att Herman inte riktigt följde med i alla hans beskrivningar. Så han förklarade på olika sätt för att Herman skulle få något hum om vad han ville få fram. Ynglingen var så passionerad i sina beskrivningar över sitt företags produkter så han bara matade på med sina mer eller mindre vederhäftiga beskrivningar. Det var så att Herman efter ett tag blev riktigt upprymd av ynglingens entusiasm. Ynglingens entusiasm som var blandad med bitterhet och ilska över ointresset från stora företagsgrupper. Fega företagsgrupper och finansinstitut som inte vågade satsa på nya produkter. Något som han menade skulle skapa stagnation i utvecklingen av nya företag och nya produkter.

De blev stående länge i hissen. Stoppet varade närmare trettio minuter och när väl hissen kom igång så visste Herman väldigt mycket mer om ynglingens företag. Mer än han från en början hade anat. Det långa stoppet och ynglingens engagerande beskrivningar resulterade i att Herman, när hissen väl kom igång och fortsatte sin färd uppåt, följde med till den yngre mannens kontor.

Den yngre mannen, George Fenderman hade sitt kontor två våningar under EuroCorps. Hans företag förvaltade bara en mindre del av våningsytan och kontoret inrymde totalt ett tiotal arbetsplatser. Det visade sig vara ett mindre amerikanskt företag, med verklig betoning på mindre. Företagets namn var DigiPharmica. De hade utvecklat helt nya digitala hjälpmedel för sjukvården. Men tyvärr hade man stor brist på kapital.

George Fenderman förklarade, återigen sin ståndpunkt att investerarna inte förstod vilka fantastiska produkter man faktiskt tagit fram. Man hade dessutom ett antal världspatent på några av sina produkter. Men man kom inte igång med någon större produktion då inga investerare vågade eller ville satsa pengar i deras verksamhet. Antingen behövde de sälja sina patent eller också skulle man vara tvungna att slå igen sin verksamhet. Man hade ingen möjlighet att skapa någon större produktion av egen kraft. Resurserna saknades, förklarade George Fenderman.

Naturligtvis så tyckte Herman att det lät som både tragiskt, men samtidigt väldigt intressant. Redan samma eftermiddag skickade han mail till Astrid och till PA Svensson och bad de kolla upp DigiPharmica. Han ville att EuroCorp skulle göra en djupdykning i deras verksamheter och deras olika patent.

Han kände sig riktigt koncernchefig då han skickade mailen. "Kolla upp DigiPharmica".

Herman funderade en del på sitt första lönebesked från EuroCorp. Skulle han ta av de pengarna för att själv investera i DigiPharmica? Det vore kanske dumt. Eller också inte. Skulle han lyssna av med sin dotter först. Han kände för att ringa upp henne och berätta om allt som hade hänt. Om jättelönen som han hade fått. Hon kanske skulle ha några vettiga synpunkter på hur han skulle göra med det. Det här med lönen kunde ju kanske vara ett aber.

Efter fem dagar i New York var det dags för Herman att resa vidare. Först till Texas. Texas, en stat där EuroCorp enligt den informationen han hade fått, skulle ha flera stora anläggningar.

Texaskontoret var förstås beläget i Dallas! Första och enda anhalten i Texas blev därför naturligtvis den stora staden Dallas. Det var ju där allting hände. Så Herman fick bekanta sig med Texaskontorets högre chefer.

Det visade sig lättare än han hade förväntat sig. Många av dem var verkligen som personerna i den gamla tv-serien Dallas. Den högsta chefen på kontoret, Bill Crowder, var en kopia av J.R Ewing från tv-serien. Han bar till och med en vit cowboyhatt och uppträdde allmänt överlägset, skrytsamt och snacksaligt. Han visade faktiskt inget intresse av av få veta något om eller   från koncernchefen. Inget lismande där inte. Snarare påpekade han mer Texaskontorets förträfflighet och i synnerhet sin egen suveränitet. Det lät inte som det var för att imponera på sin överordnad utan mer bara för att få tala och få tala om sig själv. Herman uppfattade det som om han njöt av att höra sin egen röst.

Detta faktum, var något som förenklade det för Herman. Han behövde inte säga så mycket, utan kunde låta Bill och hans underchefer få prata. Allt medan han bara lyssnade. Eller snarare låtsades lyssna på deras skrytsamma beskrivningar. Herman förvånades över att de var en sådan egofixering på Texaskontoret. Något han absolut inte föreställt sig. Han hade en bild av Texas och människor från Texas, som i och för sig låg åt det håll som Bill Crowder visade upp. Men den bild han framhävde var ännu mer Amerikansk än

Herman hade kunnat ana. Bara den vita cowboyhatten gjorde att det hela kändes som, inte på riktigt. Men det var verkligheten, på riktigt.

Övriga chefer på kontoret var lite av samma sort. De bar dock inte cowboyhattar. Men precis som Bill Crowder, så ignorerade de i stort sett Herman. När de råkade i samspråk så blev det dock beskrivningar som framhävde att de var störst och bäst och kanske också vackrast. Europa och Européer var, underförstått, egentligen inte så mycket värda. De uttryckte det inte direkt, men till och med Herman kunde få en känsla av att det var så de kände och menade. Lite som om Europa var en bakgård till Texas. Detta, trots att de faktiskt var anställda i ett europeiskt företag.

Att de var så ointresserade av sin chef, gjorde att det alltså blev enklare för Herman. Enklare jämfört med kontoret i New York. De enda gångerna som de inte ignorerade honom, var när de hade något storslaget att framföra, visa eller skryta med.

Detta till trots, så gjorde Herman sin vanliga rekognoseringsrunda. Den som hade blivit något av en rutin för honom när han kom till ett nytt kontor. Han kollade nödutgångar och toaletter.

Toaletterna på kontoret i Dallas var inte lika exklusiva som de hade varit i New York. Men de var helt okay. De var enklare, med rena, raka linjer.

Nu blev det inte att han behövde använda dem speciellt mycket. Inte mer än till sina normala mänskliga behov.

Hans färd på den västra hemisfären av hans Eriksgata fortsatte till en fabriksanläggning utanför Dallas. Ingen av de högre cheferna på Dallaskontoret följde med honom, varför en chef på lite lägre nivå var den som fick äran att visa runt koncernchefen Herman Long på fabriksanläggningen. Det var en yngre kvinna med namnet Melissa Robinson. Hon var mycket ung. Hade mörkt, nästan korpsvart hår och bar ett par storbågade glasögon. Det mörka håret hade hon uppsatt i en knut i nacken. Hon bar en korrekt mörk kostym. Hon höll hårt i sin Ipad medan hon pratade med Herman.

Det var en gigantisk anläggning. De var tvungna att åka med en mindre eldriven bil genom anläggningen. Detta för att han skulle hinna se så mycket som möjligt av anläggningen på den korta tid som han hade till sitt förfogande.

Anläggningen producerade delar till bilindustrin och till varvsindustrier runt om i världen. Det var olika typer av hydrauliska komponenter. De användes både i bilar, båtar och även i viss verkstadsindustri världen över.

Hermans eskort under dagen Melissa Robinson var mycket trevlig och visade på en god vilja att bistå sin högsta chef så gott hon kunde. Dock framgick det ganska klart att hon inte hade så stor kunnighet om anläggningen. Herman kände sig ändå väldigt nöjd då de samma eftermiddag återvände till kontoret. Han var glad att det hade varit den unga kvinnliga underchefen som hade visat honom runt, istället för någon av de självgoda högre Dallascheferna.

Samma kväll ringde han upp sin dotter Sofia. Han berättade om sin resa i det stora landet i väster. Hans upplevelser i New York och nu dagarna som han tillbringade i Texas. Han förklarade att det var en spännande upplevelse. Även om han inte försökte ta så mycket egna initiativ. Vilket förvånade hans dotter Sofia. Hennes bild av sin far var ju annars att han var lite av en spelare.

"Du vet, min engelska är väl inte den bästa,"

förklarade Herman. "Men jag lär mig allt mer."

"Hörru du, kära dotter. Jag har fått lön från EuroCorp. Min första lön som chef."

"Kul Pappsen. Kul. Då får du ju trots allt lön. Va bra."

"Jovisst! Det är väl bra. Men du. Det är inte vilken lön som helst. Den första lönen som jag hat fått, är som rena rama lottovinsten."

"Vad då lottovinst? Vad menar du?"

"Ja, alltså. Den månadslön som jag har fått, motsvarar vad jag skulle tjäna på tre eller fyra år annars. Eller kanske ännu längre tid. Kan det vara nått fel?"

Det uppstod en lång tystnad.

"Vad säger du," frågade Sofia?

"Massor med pengar. Det är vad jag säger. Massor med pengar. Det är så mycket så jag inte vet hur jag skall göra. Det här kan nog bli galet framöver."

"Hur menar du? Vad då massor med pengar? Hur mycket pengar då?"

"Som jag sa. Typ fem vanliga årslöner på en månadslön."

"Men det är ju kanon Pappsen. Kanon. Det är bara att stoppa undan. Lägg pengarna i madrassen, vet jag."

"Ja, eller hur. Det lär ju bli bra när han, den där

riktige Herman Long kommer in till kontoret. Då vill de väl ha tillbaka alla pengar. Jag vet inte hur jag skall hantera det här."

"Men Pappsen, det är ju grymt ju. Gör nått bra med pengarna. Gör det nu, medan du har dem. Gör nått bra."

"Grymt, jovisst. Men vad händer sen? Jag har ingen aning vad jag skall göra med pengarna. Ska jag bara låta dem sitta kvar på kontot?"

"Investera i lite fonder vet ja."

Fonder? Inte något som Herman kände sig speciellt bekant med. Han hade aldrig haft de ekonomiska resurserna för att kunna investera i något. Så att investera i fonder var för honom rätt obekant.

"Jag kan inget om fonder och investeringar," förklarade han.

"Kom igen Pappsen. Du behöver väl inte investera så mycket. Sätt lite pengar i några fonder. Till exempel i några blandfonder. Då riskerar du inte så mycket. Fonder är mycket mindre riskabelt än aktier. Leta upp några stabila blandfonder så kan du, med lite tur öka på ditt kapital."

"Vad du verkar insatt då. Vad vet du om fonder och investeringar då?"

"Lite. Har ju läst lite ekonomi. Det vet du väl? Jag är intresserad av aktier och fonder. Men jag har tyvärr aldrig haft några pengar att leka med i fonddjungeln. Men jag kanske kan ge dig några tips. Om du vill?"

"Absolut. Jag tar emot all hjälp jag kan få."

[-]

Efter ett par dagar i Texas så blev det dags att flyga till Sydamerika. Det var Argentina som väntade. Det var en tillverkningsenhet som tillhörde EuroCorp HydroPompage som skulle besökas. En anläggningen i Argentina som, storleksmässigt inte var i närheten av fabriken som Herman hade besökt i Texas. Herman fick förklarat för sig att anläggningen var under uppbyggnad. Dessutom hade man under senare tid haft lite olika arbetsrelatera konflikter. Strejker som hade påverkat både byggandet av anläggningen och den produktion som själva anläggningen skulle leverera.

På anläggningen, som låg utanför La Plata som i sin tur låg cirka sex mil från Buenos Aires, fanns det naturligtvis ett kontorsbyggnad. Kontorsenheten var rörig i överkant. Inget vidare intryck att ge till den nya koncernchefen. Men platschefen med personal gjorde sitt yttersta för att på något sätt ändå försöka ge deras nya "kejsaren" ett så bra mottagande som de kunde.

Kejsaren, det vill säga Herman Long, gjorde dock som vanligt sin första dag på den nya platsen. Kollade nödutgångarna, vilka dock var dåligt utmärkta, samt toaletterna. Han påpekade att nödutgångarna måste märkas ut bättre. Just utifall något skulle råka hända på anläggningen.

Toaletterna visade sig vara av enkel temporär art. Det vill säga. De var knappt användbara som toaletter. Skulle i och för sig fungera för Hermans syfte. Alltså att ha som ett tillfälligt kontor, men inte till mycket mer.

Då de på anläggningen uppenbarligen satt i en rätt tråkig situation, med strejker och annat, så avstod Herman från att påpeka den bristande kvaliteten på toaletterna.

Herman funderade lite över sin vana, eller ovana, att inspektera toaletterna. Han kanske skulle kunna bli "muggexpert?"

När han väl skulle få sparken från EuroCorp, vilket det bara var en tidsfråga innan det skulle inträffa, så skulle han kunna ge sig på att designa toaletter. Han skulle kunna ge sin syn på hur en företagstoalett borde utformas. En utformning och design av en toalett för att den också skall passa till annat än att bara vara toalett. Alltså, en toalett som också skall kunna fungera som en kontorsarbetsplats.

Hermans toalettkartläggningar hade absolut lärt honom om en hel del om toalettstatusen på företagets alla kontor.
Det kanske kunde ha något värde i framtiden. Han kanske skulle föreslå att man skulle göra en koncerngemensam standard för EuroCorps toaletter? Kontoret i New York skulle kunna stå som mall för övriga kontor.

Herman hade lärt sig mycket under sin resa till den västra hemisfären. Det hade varit intensiva dagar på den amerikanska kontinenten. Han hade fått en inblick i jättekoncernen EuroCorp International. Då hade han ändå bara besökt en liten del av koncernens alla anläggningar. Anläggningar i USA och en av alla företagets anläggningar i Sydamerika. Något som han absolut inte skulle ha haft möjlighet till, om han inte hade varit koncernchef. Alltså ingen möjlighet som den Herman Long som han egentligen var.

På flyget hem över Atlanten funderade han kring sin situation. Tankarna gick åter till den där riktige Herman Long. Det var märkligt att han inte hade hört av sig.

Herman visste också att han förr eller senar ändå skulle bli avslöjad. Det kanske ändå var dags att, lite snyggt bara försvinna. Nu hade han ju ändå fått göra det som han de senaste veckorna hade haft som mål. Att på firmans bekostnad få resa över Atlanten, till den den väldiga Amerikanska kontinenten.

Han kände sig väldigt tacksam för vad han hade fått uppleva. Hur många människor fick den förmånen att uppleva det som han hade fått uppleva?

Kapitel 6

Herman Long hade börjat återfå minnet på sjukhuset Queen Elizabeth Hospital i Kings Lynn. Han undrade var han befann sig och krävde naturligtvis att få information. Vad gjorde han där och vad hade han råkat ut för.

Han visste nu vem han var, men han kunde inte minnas det som hade gjort att han hade hamnat på sjukhuset. Vilken dag var det? Hur länge hade han han varit här? Vad hade han råkat ut för och framför allt hur gick det med hans karriär? Han kunde inte vara kvar här.

En telefon! Ett kungarike för en telefon. Han var i trängande behov av att genast få kontakt med Raudvan Axelsson. Han hade ju råkat ut för en olycka. Ja, en olycka eller nått som han inte kunde minnas. Men han måste tala med Raudvan Axelsson och förklara sin frånvaro. Han hade ju åtagit sig ett uppdrag som koncernchef. Ett uppdrag som han måste påbörja å det snaraste. Han var koncernchef för EuroCorp International. Han hade ett uppdrag.

Hur hade det fungerat utan VD? Hur länge hade de varit utan VD och koncernchef? Vad var det för dag?

Herman Long försökte få ordning på sina tankar. Sina datum, tider och händelser.

Den gode Herman Long försökte påkalla uppmärksamheten, men då han inte uppfattades speciellt trevlig så tog det honom mer tid och energi än nödvändigt. Det hade kanske gått lättare för honom om han hade varit något mer tillmötesgående. Något mer tillmötesgående, mot sjukhuspersonalen än han dit tills hade varit. Han försökte behandla sjukhuspersonalen på samma sätt som han var van att behandla personer som normalt fanns, hierarkiskt under honom. Alltså, som om sjukhuspersonalen var underställda till honom i hans organisation. En mindre behagfull och absolut mindre lyckad attityd, där han befann sig. Ett beteende som inte alls fungerade på Queen Elizabeth Hospital.

Efter mycket tjatande och dividerande, så fick han dock till slut tillgång till en telefon.

Problem nummer två uppstod då. Han hade, vid olyckan, förlorat sin egen mobil. Om det nu var en olycka. Nått hade han råkat ut för. Han hade ingen mobil, vilket innebar att han inte hade tillgång till sina kontakter. Han hade naturligtvis inte koll på sina kontakter utan sin kontaktlista. Den kontaktlista som fanns i hans telefon och i hans dator.

Problem nummer tre var att han dessutom inte tilläts ringa samtal "abroad". Han satt fast på ett sjukhus i England utan att veta hur han hade hamnat där. Dessutom kunde han inte ta kontakt med någon av alla de människor som han behövde för att komma från detta sjukhus. Hans situation gav honom inget annat än dåliga vibrationer. Han kände att hans vistelse på denna plats bara skapade melankoli och dysterhet.

Herman började allt mer att skifta från irritation och ilska till melankoli, dysterhet och uppgivenhet. Han kände det som om allt gick honom emot just nu!

Det var dags för lunch och Herman gav tills vidare upp sina försök att ta sig från detta erbarmligt tragiska ställe.

Han var väl i ärlighetens namn inte heller fullt frisk ännu. Han yrslade en del och hade ont både i en arm och ett ben. Benet var fortfarande i så dåligt skick så han hade svårt att stödja ordentligt på det.

Väl bänkad i sjukhusets matsal så slog det honom plötsligt. Han skulle ju kunna ringa upp Ambassaden i London. Svenska Ambassaden i London måste kunna hjälpa honom.

Att ringa upp Ambassaden i London var ju inget utlandssamtal så det skulle nog gå bra.

Han kände att allt nog ändå skulle ordna till sig till det bästa. En telefon! Ambassaden!

Han blev så exalterad av sitt konstaterande så han satte maten i vrångstrupen. Han kände att han höll på att kväva sig. Han reste sig hastigt, viftade med armarna och började hosta hysteriskt. Det var väl egentligen inte så farligt som det lät. Men sjukhuspersonalen rusade snabbt till och såg till att han blev omhändertagen.

Herman kände att han inte ville bli omhändertagen. Han ville inte ha annan hjälp än att få matbiten. Den bara råkade hamna fel på grund av hans upphetsning. Så han viftade ännu mer avvärjande med båda armarna för att komma loss från personalen som försökte hjälpa honom. Men det gick dåligt. Han föll till golvet. En bår kom snabbt fram och så bar det av till ett sjukrum. Allt medan Herman hostade och hostade. Till slut lossnade matbiten och han verkade få luft. Herman, som det nu inte var någon egentlig fara med, viftade vilt för att försöka avvärja den fortsatta räddningsoperationen. Han kämpade för att komma upp på golvet. Han skrek.

Ett viftande och vrålande som resulterade i att man satte in lugnade sprutor. Man var antagligen oroliga att han annars skulle kunna fara riktigt illa.

Snart sov han åter sött i sin sjukhussäng.

Det tog alltså ytterligare någon dag innan han åter var på benen. Redo att ta sig an sitt uppdrag att ringa Svenska Ambassaden i London. Nu blev det naturligtvis inte så lätt som Herman hade hoppats på. Det fanns en brittisk byråkratisk tröghet i behandlingen av hans önskemål om telefonen. Speciellt efter hans föga lyckade anfall dagen innan. Det medförde att det blev ett ytterligare dröjsmål. Det dröjde ända till eftermiddagen innan han lyckades komma åt en telefon för att ringa sitt samtal. Varje dag, varje timme, varje minut kändes viktig.

Herman ringde upp Ambassaden i London.

Fru fortuna var fortsatt någon annanstans än hos den blivande koncernchefen Herman Long. Han ombads att återkomma följande dag då receptionen hade stängt för dagen. Det visade sig att de hade öppet mellan nio och tolv på förmiddagen och mellan fjorton och sexton på eftermiddagen.

Först besvikelse. Men sen ändå hopp. Nu var han ändå på gång. Snart skulle allt lösa sig. Med hjälp av Ambassaden skulle han få kontakt med Raudvan Axelsson. Han skulle få nytt pass och han skulle kunna komma åt sina konton. Så skulle han kunna återuppta sin färd mot den svenska kungliga huvudstaden. Sverige och hans nya tjänst på EuroCorp International. Han knöt båda nävarna, bet ihop tänderna och väste mellan tänderna som om han var halvgalen. Som en tyngdlyftare på väg ut på mattan för att göra ett världsrekord lyft. "Stockholm, Sweden and EuroCorp, here I come," väste han fram. Fortfarande med knutna nävar.

En av sköterskorna på sjukhuset såg honom i korridoren efter hans samtal till Ambassaden. Hon bara ruskade på huvudet. Hon ansåg inte att den här mannen var riktigt frisk i huvudet.

Läkarna på Kings Lynns hospital tyckte också att den utländska sjuklingen var både otrevlig och aningen förvirrad. Han tjatade hela tiden om att han var en av de viktigaste personerna i det industriella Europa. Något som knappast imponerade på läkarna. De kände absolut inte till honom. Han kunde lika gärna ha påstått att han var Napoleon Bonaparte. De hade gärna låst in den förvirrade utlänningen på obestämd tid. Men då de ansåg honom så otrevlig så att ingen stod ut med honom. Läkarna enades om att han skulle få skriva ut sig själv. De ville bara bli av med den besvärliga utopisten.

[-]

De båda bröderna Jones hade lyckats med sin försäljning av både bil, mobil, dator och Ipad. Man hade till och med lyckats sälja svenskens pass för en bra slant.

Bilen hade snabbt omregistrerats. Nya uppgifter hade ordnats och den hade troligtvis transporterats österut i Europa med helt nya uppgifter.

Kläderna hade hamnat på Spitalfield Market. En mindre nogräknad säljare som hade ett stånd där, sålde märkeskläderna mot en provision på trettiofem procent.

Rolexklockan hade betingat ett värde av fem tusen pund. Vilket kanske var i lägsta laget. Men bröderna var nöjda.

Nu kunde de leva livet ett tag innan de åter skulle ge sig i kast med nya skurkaktigheter. Världen var full av människor som bara väntade på att bli lurade.

Mannen som de hade snott bil, klocka och allt det andra från, tänkte de inte längre på. De hade inte sett något i någon tidning om någon som hade dött uppe vid kusten så de ansåg detta kapitel som avslutat.

Nu är inte livet så enkelt som man vill alla gånger. Inte heller för de enkla småskurkarna Tom och Terry Jones.
Det rörde till sig för dem en kväll när de hade fått lite för mycket innanför västen. Att få för mycket innanför västen hade de råd med efter den senaste tidens lyckade affärer. Nu hade de varit på porrklubb och hade alltså druckit något lite mer än lagom. Ganska mycket mer än lagom.
Glada i hågen och på väg från porrklubben, hamnade de mitt i ett svartsjukegräl. Ett svartsjukegräl eller vad det nu var för bråk mellan en rödhårig lättklädd, snygg donna i kort, kort läderkjol och med en kort pälsjacka och hennes boyfriend. Boyfriend eller hallick? Troligtvis hallick, med tanke på hur donnan var klädd. Hon såg ut som en av de som drog in pengar genom ett av världen äldsta yrken.
De två personerna, hallicken och den rödhåriga donnan, var inne i en vild diskussion. Språket de använde var allt annat än gudfruktigt. Diskussion gick snart över till handgripligheter. Detta samtidigt som de båda bröderna kom vinglande fram längst samma gata där diskussionen pågick.

Hallicken, som var ganska stor och med mörkt krulligt hår, bar jeans och en ljusbrun skinnkavaj.

Samtidigt som de båda överförfriskade bröderna passerade de vilt diskuterande paret så for en handflata genom luften och träffade den rödhåriga donnan i ansiktet.

Hon tog sig på kinden med ena handflatan.

"Hallo pal, what the heck are you fucking doing?"

Det var Tom som protesterade. Han var en simpel tjyv, men han var ingen kvinnoplågare. Han var egentligen inte alls våldsam och att slå en kvinna. Det var inte alls hans melodi. Därför kunde han inte låta bli att protestera mot hallickens behandling av den rödhåriga donnan.

Hallicken glodde ilsket på Tom. Det här var inget som han skulle lägga sig i. Han viftade med armen för att visa att han tyckte att de två överförfriskade bröderna skulle dra vidare.

Samtidigt tog den rödhåriga sats och skickade iväg en spottloska mot hallicken. Spottloskan hamnade på hallickens vita kråsskjorta. Han blev ursinnig och gav kvinnan ytterligare en örfil till, följt av en brysk knuff som fick henne att störta i gatan.

"Fucking moron! What are you fucking doing?

Are you fucking beating up a small tiny girl?"
Tom tyckte uppenbarligen att hallicken gick
för långt.

Den stora hallicken, som var betydligt
stadigare på benen än de båda bröderna,
stegade bestämt emot de båda bröderna. Tom
och Terry var som sagt överförfriskade och
Tom hade svårt att fokusera blicken. Han
insåg, trots sitt onyktra tillstånd, att han
riskerade att få samma behandling som
donnan. Om inte värre.

Donnan hade rest sig upp från gatan och
försökte torka av sina kläder efter sitt besök i
rännstenen.

Hallicken tog tag i kragen på Tom och tryckte
upp en knuten näve under näsan på honom.
Han var tydlig med att han inte ville ha någon
inblandning från de två överförfriskade
bröderna.

Lillebror Terry vinglade fram mot hallicken.
Så svingade han runt sin arm och lyckades få
till en högersving. En högersving som for iväg
och träffade hallicken i tinningen.

Nu ville det sig inte bättre än att hallicken for i
gatan och råkade slå huvudet i trottoarkanten.

Ibland händer märkliga saker. Ett fall som
råkar bli fel kan resultera i oväntade slut.
Hallickens fall mot trottoarkanten blev så

olyckligt, så det blev hans sista fall i livet.

Tio minuter senare fanns polisen på plats och både Tom och Terry hamnade i förvar.

Efter ett tag bakom galler väntade. Skaka galler för att senare ramla in i landets rättegångsapparat. Där skulle de båda bli åtalade för vållande till en otrevlig hallicks död. De skulle inte heller få någon support från den misshandlade rödhåriga nattfjärilen. Anledningen till varför de inte skulle få det, kunde det spekuleras i.

De båda bröderna kunde konstatera att det som de hade tjänat på gungorna hade de lika snabbt förlorat på karusellerna. Nu väntade några år bakom lås och bom.
Var det någon form av livets jämvikt?

Kapitel 7

En av de intressantare affärerna som togs upp i Dagens Industri och på SVD:s affärssidor var den senaste jätteordern som plötsligt hade hamnat hos EuroCorps dotterbolag i Frankrike. Det gällde pumpanläggningar som skulle tas fram de närmaste tre åren till utveckling av infrastrukturen i stort sett över hela den Afrikanska kontinenten. Ordern kom från FN-organet UN-Habitet och hade ett totalt värde av cirka sexhundra miljoner dollar.

Det som tidningarna skrev om var att det i ett tidigare skedde hade sett ut som om EuroCorps dotterbolag EuroCorp HydroPompage hade varit på väg att förlora denna order. Men nu hade det plötsligt vänt och man hade vunnit slaget om Afrikas pumpanläggningar.

Astrid berömde Herman bakom hans rygg. Hon antydde för sina assistentkollegor att det var Herman som helt självständigt hade ordnat så att FN-organets order hade hamnat hos EuroCorp.

Hon gick, som assistent igenom Hermans fysiska post, liksom numera också hans mailkonversationer. Ett brev som hade kommit från "The UN-Habitet Secretariat" och som var undertecknat av dess högsta chef Aasir Kipgunda, var det som övertygade Astrid att Herman på något sätt hade haft inverkan på FN-organets beslutet att välja EuroCorp som huvudleverantör.

I brevet framgick att han var mycket tacksam till Herman Long för den osjälviskhet som han hade visat vid deras tidigare möte. Detta hade också medfört att han hade bett sina underställda att se över urvalsprocessen för upphandlingen av pumpanläggningarna.

Astrid hade också läst att det stod något kryptiskt skrivet om organisationskulturer. Kultur som på något sätt var kopplat till Herman Long som företagets högsta chef. Några meningar som hon inte riktigt fick grepp om. Men vad FN-organets högsta chef Aasir Kipgunda menade, spelade mindre roll.

Astrids antydningar spred sig snabbt bland andra än bara till assistenterna. Snart var många av cheferna också på det klara med att det var Herman Long, deras koncernchef som, på något sätt hade ordnat jätteordern åt

EuroCorp. Han som ibland verkade lite frånvarande och svår att få tag på. Han som nästan aldrig var med på några möten. Och när han, undantagsvis var med på något möte, så svarade han oftast med att han inte hade en aning. Att han litade på alla andras omdöme. Han som nästan alltid var på konferens. Konferenser som ingen annan kände till. Men i det här ärendet hade han verkligen visat på enastående affärsmannaskap.

Herman kände sig stolt. Han gillade sin roll som chef. Han tyckte att det mesta kändes bra. Även om han insåg att det var mycket som han inte begrp sig på i affärsvärlden. Men han hade ändå lyckats i några situationer. Han tyckte att det kändes bra att han hade lyckats fixa en ordentlig order till företaget. Allt han hade gjort var ju att han hade varit medmänsklig. Det behövde han kanske inte tala om.
Gällde det bara att vara medmänsklig för att man skulle vara en framgångsrik affärsledare? Verkade i så fall enkelt. Det var ju faktiskt bara tillfälligheter som hade gjort att han hade råkat på Aasir på flygplatsen i Holland.

Många var det, underchefer som ville tala med högsta chefen. Företagets VD Herman Long.

Man ville få till sig kunskap. Man ville få veta mer om hur Herman hade lyckats med att få till ordern med FN-Habitat.

Det var dock inget som Herman kände för att diskutera. Han gjorde som tidigare. Lekte oanträffbarhetsleken. Han hade blivit en mästare på just det att göra sig oanträffbar. Han befann sig, som tidigare väldigt ofta på konferenser. Konferenser som hans assisten Astrid, som vanligt inte hade någon information om vilken typ av konferens det var eller var den var.

Det lilla kontorsrummet på plan två. Det vill säga toaletten. Där satt Herman. Han hade konferens med sig själv. Han gick igenom sina mail. Ett mail från dottern i Göteborg. Hon hade lite mer information om den andra Herman Long. Hon hade också skickat med en bild på honom. Däremot hade hon ingen informationen var han befann sig. Detta var alltså, fortsatt ett mysterium. Han hade bara försvunnit och ingen tycktes sakna honom.

Herman läste igenom mailet och sparade informationen i en fil på datorn. Därefter raderade han mailet. Sedan läste han åter igenom informationen, som han hade sparat i filen på datorn.

Det var inte så mycket information hon hade fått fram. Men en del. Den andra Herman Long var yngre än han själv. Det syntes både på bilden och framgick av den informationen som Sofia hade fått fram. Något som Astrid också hade antytt för honom redan en av de första dagarna, när han hade kommit till EuroCorp. Det framgick också att han, den andra, hade haft en hel del uppdrag i form av olika chefspositioner innan hade skulle ha börjat på EuroCorp. Men var fanns han? Han hade väl inte bara gått upp i rök?

Herman ruskade på huvudet för sig själv. Skumt.

De följande dagarna hände mycket på Herman konton. Han hade följt sin dotters råd och investerat en del av sin första lön i blandfonder. Fonder som, på bara några dagar hade ökat i värde. Tillfälligheter?

PA Svensson, marknadsdirektören förklarade att han var imponerad av Hermans förmåga att hitta intressanta företagskoncept. Inte minst sedan man hade köpt in sig i det amerikanska företaget DigiPharmica. De hade enligt deras rätt snabba analyser visat sig vara ett intressant företag med enorm potential. Något som många andra företag tydligen hade missat.

PA ville veta hur Herman hade fått nys om DigiPharmica.

Herman skrattade lätt och osäkert, som han ofta gjorde. Så svarade han något svävande på det. Han ville säga, jag vet inte riktigt. Men han insåg att det skulle låta konstigt. Skulle han försöka hitta på en historia på hur han hade kommit i kontakt med DigiPharmica. Skulle han berätta att han råkat fastna i en hiss på Manhattan? Nja. Det kände han inte riktigt för. Han funderade lite, så ryckte han lätt på axlarna. Han kanske bara skulle konstaterade att företaget DigiPharmica hade råkat finnas i samma byggnad som EuroCorp på Manhattan.

Men vad spelade det för roll om han berättade?

"En ren tillfällighet," förklarade han. "Jag fastnade i en hiss i New York tillsammans med George, deras VD. Så jag följde med honom till hans kontor."

"Bara sådär?"

"De fanns i samma byggnad som EuroCorp på Manhattan."

PA var förstummad. Vilken tillfällighet.

"Men hur kunde du ana att det kunde vara en bra investering?"

Herman ryckte på axlarna igen. Han hade ju faktiskt fått lyssna på George i närmare en halvtimme. Det hade inte gått att undvika att få visst intresse för DigiPharmica.

"Tja. Ibland bara händer det," konstaterade han.

Investeringen i DigiPharmica skulle med tiden visa sig vara mer än bra. Det skulle till och med visa sig vara en väldigt bra investering för EuroCorp.

Herman kände sig nöjd med tillvaron. Han hade tipsat om intressanta investeringar. Han låg bakom en stor order från ett FN-organ. Han hade genom sina egna investeringar i fonder ökat sitt eget innehav av pengar. Frågan var bara, när skulle fasaden rämna? När skulle den rätta Herman Long dyka upp? Och den stora frågan. Vad skulle han göra då?

De följande dagarna försökte PA Svensson vara påpasslig för att försöka sno åt sig koncernchefen. Innan chefen Herman Long hann smita iväg till någon av alla de konferenser som han dagligen besökte. Konferenser som ingen dock kände till. Ingen mer än koncernchefen själv.

PA visade stort intresse för vad Herman hade åstadkommit. Han förstod inte hur Herman bar sig åt, men ville att högsta chefen skulle dela med sig av sin förmåga.

Skulle han och de andra cheferna kunna lära sig något av koncernchefen? Det märkliga var hur han emellanåt verkade okunnig och osäker och lät övriga, vid gruppmöten bestämma hur de ville göra.

"Ja, alltså. Det där vet jag inget om. Hur tycker ni att vi skall göra." Det var lite av ett standardsvar från koncernchefen. PA kunde dock inte låta bli att fundera på om det kanske var en medveten strategi. Han hade ju faktiskt visat på affärsmannamässiga resultat. Detta trots hans passiva hållning och avvaktande attityd.

På något sätt tycktes han ta sina uppgifter som företagsledare med en klackspark. Och det fanns inga logiska förklaringar på de beslut som han fattade. Men ändå visade han på en oförklarlig förmåga att pricka in saker rätt.

PA ville att Herman skulle hålla föredrag för delar av chefskåren i organisationen. Han ville att han skulle dela med sig av sin metoder och förmågor. De skulle kunna spridas. Kanske i hela organisationen.

Herman kände sig minst sagt obekväm med den tanken. Vad då metoder? Han hade ingenting att lära ut. Han visste med sig att han skulle känna sig ordentligt obekväm i den rollen. Så det ville han absolut inte åta sig.

Var han en talare? Nej, det var han absolut inte. Att hålla någon form av föredrag inför en kader av chefer var inget han hade varit i närheten av tidigare. En kader med chefer som skulle tro att han var deras riktiga chef. En chef som dessutom besatt kunskaper utöver det vanliga. Att han hade hemliga, extraordinära metoder som gjorde att han lyckades så bra. Metoder som de skulle kunna tillgodogöra sig. En rolig tanke, kanske. Vad skulle han berätta? Vad skulle han komma med för råd?

"Dela säng med en hög tjänsteman från ett internationellt organ så får ni en stororder. Det gjorde jag. Jag delade säng med Aasir Kipgunda. Sedan kan ni fastna i en hiss med någon företagsledare för något framtidsföretag. Det gjorde jag också. Satt fast i trettio minuter med DigaPharmicas VD."

Var det vad han skulle föreslå till chefskåren? Nej! Han skulle nog, kanske avstå från att hålla detta föredrag eller presentation. Det var inte så att han inte vågade. Men han förstod att det skulle kunna bli en rätt fattig presentation. För att inte tala om vilken konstig presentation det skulle bli.

Astrid Holgersson ville tala med sin chef. Hon verkade för första gången allvarlig och bekymrad. Något som Herman kände i luften. Han hörde det på hennes röst och det gjorde att han kände ett visst obehag. Skulle han kunna skämta bort hennes allvar genom att försöka dra några dåliga skämt? Han tyckte inte att det kändes bra att hon verkade så allvarlig. Han önskade att han kunde ta till sin lättsamma attityd just nu. Men på något sätt hade han svårt att göra det.

Hennes något mörksinta och allvarsamma uppsyn gjorde att Herman förstod att det verkligen var något av stor vikt.

En tanke slog honom. Kände hon till att han inte var den han utgav sig för att vara?

De gick in på Hermans kontor och de satte sig vid det lilla privata konferensbordet. De satte sig mittemot varandra.

"Jag har förstått att allt inte är som det ser ut att vara. Eller hur?" Astrid stannade upp i sin utläggning. Hon såg allvarsam, men också bekymrad ut.

Herman anade att hon visste. Men han ville vara säker, så han spelade till en början med som helt oförstående.

"Hur menar du?"

Astrid såg bekymrad ut och bet sig lätt i underläppen. Så fortsatte hon.

"Jag läser ju all dina mail. Så även om du raderar mailen så får jag dom ändå till mig."

Hon visste. Hur tänkte hon? Hur skulle han agera? Han satt tyst.

"Jag såg mailet till dig från din dotter."

Det var helt klar. Hon visste att han inte var den hon hade trott att han var. Hon visste att han inte var rätt Herman Long. Han var inte rätt man på rätt plats.

"Ja se där," svarade Herman. "Det var på tiden att någon kom på det. Det har tagit tid. Jag har funderat på varför ingen har reagerat tidigare? Jag hade förväntat mig att någon skulle, ja. Liksom ifrågasätta. Kanske redan första dagen. Men, nej."

Herman tystnade. De såg på varandra under några ögonblick. Så fortsatte han.

"Det har varit en rolig tid. Vill bara säga det."

Herman reste sig från sin stol.

"Jag beklagar att jag läste mailet. Jag beklagar verkligen." Astrid verkade bekymrad. Men hon såg samtidigt ut att vara förvirrad, som om hon inte visste om hon skulle vara arg eller ledsen.

"Mailet från din dotter är tydligt. Så frågan är.

Vem är du? Egentligen."

Herman gick bort till det stora fönstret som vette ut mot huvudentrén. Med ryggen mot Astrid och ansiktet och blicken ut genom fönstret drog han en djup suck.

"Jag har haft en rolig tid här. Jag har lärt mig massor. Och jag hoppas att jag har tillfört något bra. Vilket jag faktiskt tror att jag har gjort."

"Det har du," svarade Astrid. "Men vem är du?

"Vem är jag?"

Vad skulle han svara på det? Vem var han?

"Jag är Herman Long. Fast inte den Herman Long som du och alla andra har tror att jag är."

"Herman Long?"

Herman vände sig om och gick fram till konferensbordet.

"Jo. Jag är Herman Long. Eller råkar bara heta det. Jag bara råkar ha samma namn som den koncernchef som skulle ha börjat här för ett antal veckor sedan."

Astrid såg förvånad ut. Hon förstod inte riktigt vad det var som hände.

"Det blev fel någonstans," fortsatte Herman. Jag skulle ha börjat på postavdelningen. Men ni trodde att jag var den Herman Long som skulle ha börjat som koncernchef. Och jag tog chansen och spelade bara med. Det var riktigt roligt. Jag förstår inte att ingen har fattat att jag inte är den som ni tror att jag är."

Astrid bara stirrade på Herman.

"Men var är den riktiga Herman Long då?"

Herman slog ut med armarna.

"Jag har inte en aning. Jag har faktiskt bara väntat på att han skall dyka upp. Jag har faktiskt bara väntat på att bli avslöjad. Så från början tänkte jag ta chansen och spela med bara första veckan."

Han satte sig ner igen mot emot Astrid.

"Men sedan blev det så att han inte kom in på kontoret, när han skulle ha gjort det. Så sen har det bara fortsatt. Jag har tagit chansen att få se lite av världen på firmans bekostnad. Vilket kanske inte är okay. Men så har jag gjort i alla fall. Och han, den andra har ju ännu inte dykt upp. Vilket också är skumt."

Herman betraktade Astrid. Han kände att han tyckte om henne. Kanske mer än bara tyckte om också. Han insåg att det nu var slut. Han skulle förlora kontakten med Astrid. De skulle inte längre arbeta tillsammans. Han hade börjat känna en samhörighet med henne. Hon var bra för honom och lyckades ta fram hans bästa sidor. Sidor som gjorde att han tog saker på lite mera allvar, än han tidigare hade gjort. Nu skulle han förlora det. Han kände att han skulle sakna henne.

Hur skulle han göra nu? Vad var lämpligt? Skulle han bara resa sig upp och lämna kontoret?

Så lade Astrid sin hand på ovansidan av hans hand. En lätt beröring, en lätt beröring som gav Herman en känsla av tillit och förtrolighet. "Jag tycker att du är en väldigt, väldigt trevlig person," förklarade hon. "Jag tycker om dig. Men det här är konstigt."

Hon tog ett djupt andetag.

"Vem du än är så har du på kort tid gjort mycket bra saker här på företaget. Och du har gjort intryck på mig."

Herman drog sakta åt sig handen.

"Jag vet att det har ju varit fel från dag ett. Men jag har inte kunnat låta bli att spela teater. Det har ju faktiskt gått rätt bra. Och jag har faktiskt funderat på att förklara, men det har bara rullat på."

Han suckade. Ryckte på axlarna och visade upp ett stort varmt leende.

"Jag kanske skall vandra ut nu och inte komma tillbaka? Jag har ingen aning om vad som kommer att hända. Men roligt har det varit. Det lika bra att jag gör som den andra Herman Long. Bara försvinna ut i tomma intet."

Astrid visste lika lite som han vad som skulle

hända när han väl skulle bli avslöjad. Hon kände att hon ville hjälpa honom. Hon visste bara inte hur hon skulle kunna göra det. Att hon tyckte bra om honom hade hon insett på ett tidigt stadium. Något som hon nu måste erkänna för sig själv. Mycket bättre än hon hade anat att hon skulle göra.

Men, visste hon vem han var? Någon del i henne sa att, oberoende av vem han egentligen var, så kände hon sympati för honom.

Vad skulle hända när den riktiga koncernchefen skulle äntra scenen? Skulle hon då få den Herman Long som chef? Antagligen. Hur skulle det bli? Den stora frågan var bara. Var fanns han?

”Du, Astrid som är en klok kvinna. Vad tycker du? Hur skall jag göra?”

Astrid såg in i Hermans ögon. Han verkade inte speciellt bekymrad. Mer som om han bara skulle välja mellan att åka karusell eller pariserhjul. Han såg alltså inte ut att välja mellan pest och kolera, vilket hon kanske kunde förvänta sig.

”Jag önskar jag kunde råda dig. Men jag vet inte. Vad skall jag kunna ge dig för råd?”

En ny tystnad uppstod. Herman väntade på vad Astrid skulle säga. Vad tänkte hon göra?

Tänkte hon skicka ut ett mail till alla cheferna?

Ett mail där hon avslöjade sanningen. Eller skulle hon kontakta Raudvan Axelsson? Eller tänkte hon samla ledningsgruppen för att inför dem tala om sanningen? Eller ville hon att han skulle samla ledningsgruppen?

"Jag vet inte vilka råd jag skulle kunna ge dig. Men jag kommer inte avslöja dig," förklarade Astrid. "Du får själv bestämma hur du vill göra. Jag kommer bara spela med tills sanningen kommer ifatt dig. Du bestämmer själv hur länge du vill fortsätta med ditt skådespeleri. Men du förstår att det här inte kommer fungera i längden?"

Herman nickade. Det visste han. Så hon tänkte inte avslöja honom. Skulle han trots allt samla ledningsgruppen och tala om för dem? Vad var alternativet? Skulle det vara fegt att bara smyga ut bakvägen och aldrig återvända?

Astrid reste sig och Herman kände att det fanns något lite dystert bakom Astrids stora glasögon. Hennes ögon och ögonbryn visade på medlidande. Inte den allvarsamhet som hon visat i början av deras samtal.

Samma kväll ringde Herman upp sin dotter. Nu ville han bolla sina beslut med någon. Vem var bättre än hans dotter Sofia. Hon var ju den enda som hade vetat om hans spel.

"Men Pappsen vad kan hända?"

Vad kan hända? Det var en bra fråga.

"Vad kan hända? Det kan väl hända att jag blir återbetalningsskyldig. Kanske, Vad vet jag?"

"Fast du har ju jobbat på EuroCorp i över en månad. Klart du har gjort dig förtjänt av en lön. Så det är klart att du har rätt att ta betalt för det."

"Jo. Kanske. Men inte den enorma summan som jag har fått ut. Känns som en lön som är i överkant. Fast jag borde väl inte kunna hamna i fängelse för bedrägeri. Eller vad tror du?"

"Fängelse? Nej du Pappsen. Det tror jag inte. Ta dig till jobbet. Så kan du väl försöka avsluta din anställning på något snyggt sätt. Förklara det för den där Astrid. Hon verkar ju vara en klok människa."

"Jo. Kanske det." Hon var en klok, trevlig och, och duktig kvinna.

"Jag får se."

Herman kände att han ändå ville dra detta till sin spets. Hade han dragit det så här långt så var det väl bara att köra vidare tills någon avsatte honom. Det var kanske inte så klokt tänkt egentligen. Men just nu ville han inte fega ur och bara försvinna. Inte riktigt ännu.

Någonstans i bakhuvudet fanns ändå tanken på fängelse. Inte troligt. Men tanken fanns där Det vore väl kanske inte så roligt.

"Om du känner dig osäker så kan du ju dra Pappsen," föreslog Sofia. "Ta dina pengar och stick iväg. Stick till Sydamerika eller nått."

Dra iväg till Sydamerika? Det kunde han väl inte göra?

"Eller hur. Bara dra iväg till Sydamerika? Nej, det tror jag inte."

"Men Pappsen. Vad är det för problem? Du har inga bindningar till Sverige. Det är bara jag. Och jag kan komma och hälsa på dig. Var du än bor, så kan jag komma ett par gånger om året. Det skulle vara kanon."

Hon menade allvar. Att smita iväg utomlands. Det kanske inte var en så dum idé trots allt. Men Sydamerika kändes som lite långt bort.

Herman funderade några ögonblick. Han hade ju faktiskt för tillfället, mer pengar än han någonsin tidigare hade haft. Så det var väl fullt möjligt för honom att bara försvinna. Ut i världen för att uppleva nya saker. Varför inte?

"Du Sofia, tack för tipset. Det tål faktiskt att tänka på."

Samma kvällen ägnade sig Herman åt att surfa runt på sin dator. Han surfade runt för att kolla upp olika länder. Både i Sydamerika och olika länder i Europa. Han visste inte så mycket om Sydamerika. Egentligen visste han inte så mycket om de andra varmare länderna i Europa heller. Han kollade reserutter och mellanlandningar till olika destinationer. Priser och avresetider. Han läste på om de olika länderna i Sydamerika och jämförde dem. För och nackdelar. Var skulle det vara bäst att slå sig ner? Var fanns det möjligheter för en sådan som han att kunna slå sig ner. Vad skulle han pyssla med när han väl kom dit? Vad hade han för hobbies och intressen? Fotboll så klart, men annars? Brasilien måste vara intressant. Eller Spanien. Kolla på fotboll det kunde han göra varje dag i veckan. Men vad skulle han pyssla med till vardags?

Herman gjorde en kontroll av sina konton. Nu hade han ett visst fondinnehav och lite aktier.

Skulle han behöva sälja av det för att kunna rymma? Det skulle kunna ta ett par dagar. Hade han den tiden på sig?

Kanske, kanske inte. Han skulle kunna smita utan att sälja av sitt innehav av värdepapper? Han hade ju trots allt en inte helt oansenlig summa pengar på sitt bankkonto också. Det

vore väl kanske synd att släppa fondpengarna
Hit tills hade de ju stigit riktigt ordentligt. Han
skulle kunna ha dem kvar i fonderna.

Hur det skulle fungera om han skulle fly till
Sydamerika, det visste ha inte.

Om han försvann, skulle de då spärra hans
bankkonto? Han kanske skulle behöva flytta
över en del pengar till andra banker. Kanske
sprida ut på flera utländska banker. Det skulle
antagligen också ta en dag eller två. Skulle de
hinna spärra hans bankkonto?

Han insåg att han på allvar började fundera på
att smita iväg. Han skulle nog inte kunna flytta
på dagen. Han ville ändå förbereda sig för det
alternativet. Han ville förbereda sig för att
kunna smita. Om han nu skulle göra det. Han
skulle ordna allt innan han skulle bli avslöjad.
När skulle han bli avslöjad?

Astrid hade som första person avslöjat honom.
Astrid ja. Han ville ju faktiskt, fortsatt vara
vän med Astrid. Vad som än skulle komma att
hända, så kände han att han skulle komma att
sakna henne.

Den natten blev lång och väldigt vaken.
Tankarna snurrade i Hermans huvudet. Han
gick upp ur sängen flera gånger för att kolla på
datorn. Han försökte söka snabba och säkra

alternativ för att så snabbt som möjligt få loss pengar för att eventuellt kunna försvinna. Om han nu slutligen skulle ta det beslutet. Han hade dock ännu inte bestämt sig för vad han skulle göra.

Kunde han köpa guld? Någonstans någon gång hade han hört att guld behöll alltid sitt värde. Var det ett bra sätt, att köpa guld? Om han skulle flytta utomlands, hur skulle han få med sig guld för kanske hundra tusen? Nej, det skulle inte fungera. Kontanter i en resväska? Knappast inte heller ett smart alternativ. Nej, det var nog banktransaktioner som gällde trots allt.

Herman tittade på sin väckarklocka. Noll fyra trettio. Om tre timmar skulle han upp för att ta pendeln från Södertälje in till jobbet. Stor risk att han skulle somna på sitt kontor den kommande dagen. Han fick väl hålla sig till sitt andra kontor. Det vill säga, på toaletten på plan två.

Kapitel 8

Raudvan Axelsson fick samtal från London. Det var en man som påstod sig vara Herman Long. Han lät också som Herman Long, men han talade något förvirrat och inte alls så strukturerat som man kunde förvänta sig av Herman Long. Den Herman Long som Raudvan Axelsson hade talat med vid tidigare kontakter, hade varit tydlig och väldigt strukturerad.

"Jag befinner mig på Ambassaden i London. Jag har råkat ut för någon olycka eller något." Rösten lät nervöst upphetsad.

Raudvan svarade inte utan lyssnade.

"Jag vet inte vad som har hänt? Plötsligt vaknade jag upp på ett sjukhus i Kings Lynn, här i England."

Raudvan försökte ta in det han hörde. Han kände sig lätt konfunderad. Han gillade att ha kontroll. Just nu, när den här Herman Long ringde upp och lät förvirrad, så kände han att han inte hade kontroll. Det var en något som var galet med den uppkomna situationen. Om det här nu var den Herman Long som han hade anställt, som talade i andra änden på telefonen? Vad babblade han då om? Det lät onekligen som om mannen, i andra ände på luren, var Herman Long. Han kände igen rösten. Om det nu var så att det faktiskt var Herman Long som talade i andra änden av luren. Vem var då den Herman Long som just nu satt som verkställande direktör på EuroCorps huvudkontor? Raudvan kände irritation över det lätt kaotiska och okontrollerade läget.

"Jag kan få hjälp med biljetter från Ambassaden. Så jag kan vara i Stockholm imorgon," konstaterade Herman Long.

Raudvan funderade några ögonblick. Han kände att han ville veta vad som var i görningen. Han saknade den översikt över läget som han normalt alltid hade. Han bemästrade inte den nu uppkomna situationen. När Raudvan saknade kontroll så fick han en känsla av otrygghet. Det kände han nu, otrygghet. Han behövde tid. Tid var det som han behövde. Tid för att skaffa sig en överblick och en insikt över den uppkomna situationen.

"Kan jag ringa....jag ringer tillbaka." Raudvan lade på luren. Han behövde tid. Men den fanns inte. Han kände att han måste skynda på. Utredning, faktainsamling och total kontroll över läget!

Det var mindre än en vecka kvar tills han

skulle vara med i den kortare utfrågningen på Sveriges Television. Han hade, för ovanlighetens skull lovat att ställa upp denna utfrågning. Det rörde sig visserligen bara om en kortare utfrågning. Mindre än tio minuters frågeställningar och faktasvar i samband med ekonominyheterna. Men just nu kändes det inte som en speciellt bra idé. Tänk om de där snokande reportrarna hade bättre koll på läget än vad han hade. Om de visste något om detta kaotiska läge som han själv inte hade någon som helst överblick över.

Tänk om de visste allt om Herman Long, som inte var Herman Long. Eller om han var det. Fanns det fler Herman Long och hur hade då den felande Herman Long hamnat på den rätte Herman Longs positionen? Han kanske inte hette Herman Long. Var det en bedragare? En bedragare som på kort tid hade fattat ett antal beslut som på lika kort tid, hittills hade lett fram till väldigt bra affärer för koncernen. Raudvan kunde inte förstå hur det hängde ihop. EuroCorp hade på kort tid visat på en uppåtgående vinstkurva. Man framstod dessutom som en mer humanitär organisation än man tidigare hade uppfattas som. Detta inte minst på grund av att man hade blivit en av FN:s huvudleverantörer vad gällde teknik för

163

infrastrukturutvecklingen i vissa U-länder.

Raudvan kände hur ordet "nollkoll" snurrade inne i hans huvud. Nollkoll. Han behövde en strategi för att återta initiativet i den nu uppkomna soppan.

[-]

Planet hade landat på Arlanda och Herman Long. Den något kortväxte yngre mannen haltade fram längs med gaten mot utgången. Han hade bara handbagage så han behövde inte vänta på några väskor vid rullbandet för ankommande bagage.

Väl utanför passkontrollen haltade han vidare mot Arlandas yttre regioner. Raudvan Axelsson hade skickat sin bil för att möta honom. Herman Long den yngre kände sig tio år äldre än han var. Tio år äldre än han hade känts sig för bara någon månad sedan.

Drygt en månad tidigare hade han med stort självförtroende och god självkänsla, lämnat London för att bege sig till Sverige för att bli koncernchef. Koncernchef i Sveriges absolut största industrikoncern. Men det var då det. Nu kände han sig gammal och sliten. Men det skulle nog bli bättre. Det skulle nog ordna sig om han bara skulle komma igång. Ordna sig till det bästa som fanns. Nu skulle han bara komma i ordning och börja jobba som den chef som han var ämnad att vara.

Herman Long möttes av Raduvan Axelssons chaufför Martin. Han tog Hermans handbagage, den enda kabinväskan. Så vandrade de, utan att någon sa något mot Bentleyn.
"Var ska vi,"undrade Herman? "Till kontoret?"
"Herr Axelsson vill träffa er på en restaurang på Östermalm."
"Okay. Ja, det är ju lunchtid," konstaterade Herman Long.
Bentleyn spann iväg ut på E4:an. Ut från Arlanda mot Stockholm.

Femtio minuter senare stannade de utanför Östermalmskällan.
"Jag är så väldigt glad att se er." Den lätt haltande Herman Long var alldeles uppspelt och ville helst av allt krama om sin nestor Raudvan Axelsson. Raudvan Axelsson var dock inte den som man kramade om, vilket han också mycket tydligt markerade. Kroppskontakt? Absolut inte när det gällde herr Raudvan Axelsson.
Herman lyckades bemästra sig. Han

165

begränsade sig till att med ett brett leende sträcka fram handen för att hälsa.

Raudvan Axelsson stödde sig med sina handskbeklädda händer mot sin promenadkäpp. Och han lyfte inte ett finger för att att ta emot Herman Longs utsträckta hand. Han såg bara allvarligt på ynglingen framför sig. Han nickade åt Herman Long den yngre, att han ville att han skulle sätta sig ner.

"Beställ något att äta."

Herman såg på Raudvan som också satte sig. Men han gjorde ingen ansats att ta tag i menyn. Vilket var ett tydligt tecken på att han inte tänkte beställa någon mat åt sig själv.

"Ni? Ska ni inte äta något," undrade Herman?

Raudvan, som nästan aldrig åt på restaurang, förklarade att han redan hade ätit.

Herman var hungrig. Han tyckte att det skulle bli riktigt gott med riktig mat. Det hade varit länge sedan han hade fått i sig riktigt god restaurangmat. Sjukhusmaten på Hospitalet i Kings Lynn var inget som han skulle rekommendera. Inget för Guide Michelin.

Dagens val, föll på Järpar med stekt potatis och gräddsås.

"Det har varit så otroligt rörigt," förklarade han. "Jag vet inte vad som hände. Jag har ingen aning om vad jag har råkat ut för. Men,

men jag tror att jag blev rånad."

Han försökte att kort, snabbt och korrekt briefa styrelseordföranden Axelsson. En briefing som dock blev något förvirrande då han hoppade mellan händelser. Mellan elände och bedrövelse till kraftfullt engagemang för framtiden. Nu. Nu, skulle Herman Long, den nya koncernchefen, ta tag i allt som han borde ha gjort flera veckor tidigare.

Raudvan Axelsson satt mitt emot honom och vilande med båda sina händer på sin promenadkäpp, lyssnade han. Han betraktade den yngre mannen som glupskt stoppade i sig av maten som hade serverats till honom. Mellan tuggorna så kom det konstateranden och kommentarer.

"Nu är jag tillbaka. Nu ska jag ta tag i allt. Det ska bli en nystart för mig. Och för koncernen."

Herman talade med glöd i rösten. Han ville visa att han nu var redo. Han tystnade medan han tuggade. Då gick tankarna tillbaka till sjukhusvistelsen som tycktes susa förbi i inuti hans huvud.

"Det var oerhört svårt att vakna på en helt främmande plats. Det var som tortyr. Tänk att inte veta var man är eller varför man är där. Att inte veta var man är och inte kunna göra något. Det var skrämmande. Mycket skrämmande."

Han såg på styrelseordföranden Axelsson, som dock inte visade med en min vad kände eller tänkte.

Men Herman kände sig redo att sätta tänderna i sin roll som koncernchef. Han ville i alla fall känna sig redo för det. Nu skulle han ta över styrningen av det gigantiska, multinationella företaget EuroCorp International.

"Hur har det fungerat när jag har varit borta?"

Raudvan Axelsson såg med allvarlig min på den yngre mannen. Den yngre mannen mitt emot honom visste uppenbarligen ingenting.

Raudvan Axelsson spände blicken.

"Förvånansvärt bra. Du har inte tagit dig tid att undersöka hur det har gått för EuroCorp?"

Det hade varit en tuff tid. Han, som normalt levde i en värld av business, ledarskapsfrågor, chefskap och snabba beslut. Han hade haft ett helvete.

"Det kan man annars tycka skulle ligga i en högre chefs intresse," fortsatte Raudvan Axlsson.

Herman Long funderade. Visst han kanske skulle ha tagit reda på mer, men han hade inte vetat vem han var eller var han var.

"Ni inser inte vilken tragisk plats det stället var. Det Engelska sjukhuset. Jag hade inga möjligheter att ringa. Kunde inte läsa tidningar eller se på TV. Jag kunde inte ringa er. De vägrade dessutom att tro på mig när jag förklarade vem jag var. Det var så själsligt deprimerande. Fruktansvärt deprimerande."

Raudvan satt tyst och lyssnade på den yngre mannen. Var det verkligen den här mannen som han hade anställt för att leda norra Europas största koncern? Raudvan tyckte att han, mannen på andra sidan bordet var patetisk.

Han hade redan innan detta möte gjort upp en plan. Men han hade först tänkt lyssna av den tilltänkta koncernchefen innan han skulle genomföra sin plan. Han ville veta om det fanns något som han behövde veta för att kunna genomföra sin plan. Raudvan Axelsson kände att han var på väg att ta kontroll på tillvaron nu.

När han lyssnade på den patetiska mannen på andra sidan bordet, som just nu glufsade i sig den sista välsmakande järpen, så kände han att hans plan var helt rätt.

"Kan vi åka till kontoret direkt nu efteråt? Jag vill installera mig så snart som möjligt." Herman Long den yngre var ivrig att påbörja sitt arbete.

Raudvan sträckte på sig och drog ytterligare en djup suck.

"Det blir nog inget kontor."

Herman Longs tuggande avstannade. Gaffeln stannade i rörelsen.

"Det blir inget kontor för din del idag," upprepade Raudvan Axelsson. "Som jag ser det så gäller inte ditt kontrakt längre."

"Gäller inte mitt kontrakt? Vad menar ni med det?"

"Du skulle, enligt våran överenskommelse, varit på plats för mer än en månad sedan. Det var du inte. Dessutom har du inte meddelat mig om detta. Så, som jag ser det så ligger det nära till hands att kalla detta för kontraktsbrott."

"Men, men. Jag har ju legat på sjukhus. Jag har ju varit medvetslös. Så här kan ni inte göra."

Raudvan såg stadigt in i den yngre mannens ögon, samtidigt som han lutade hakan mot sina båda händer som han vilade på sin silverknoppsförsedda promenadkäpp.

"Jag kan tills vidare erbjuda dig en annan chefsposition i ett av våra dotterbolag. Vi har ett bolag i England som har en vakant chefsposition. Där får du chansen att visa att du har den förmåga som krävs för att leda ett större företag. Ett större företag och i framtiden kanske en hel stor koncern. Jag vill se om du verkligen besitter den kapaciteten. En kapacitet som jag tidigare antog att du hade, men."

Herman Long såg chockat på Raudvan Axelsson.

"Men, men jag skulle ju bli koncernchef..…?"

Herman Long den yngre var förstummad och chockad. Han försökte tänka efter. Vad skulle han säga?

"Vet ni vad jag har gått igenom? Förstår ni vad jag har blivit utsatt för?"

Raudvan stirrade med sina mörka, insjunkna ögon på den patetiska mannen som satt på andra sidan om bordet. Raudvan Axelsson tyckte att ynglingen fortsatte att bete som en skadskjuten fågel istället för att visa på styrka och framåtanda. Raudvan insåg att det hade varit ett felval att välja den här unga mannen till koncernchef. Han som hade varit så säker på att han hade gjort ett så klokt val. Men så var det. Det var då, som det hade känts rätt. Då, när han hade bestämt sig för att ta in påläggskalven Herman Long. Men ibland blir det fel. Men nu, som tur var hade han fått se vem framtidslöftet egentligen var. Inte alls som han hade föreställt sig. Ynglingen var en vek, patetisk, självupptagen vekling. Absolut inget för ledningsgruppen i industrikoncernen

EuroCorp International.

Raudvan reste sig från sin stol.
"Du har valet att ta den tjänsten i England eller också blir du utan arbete. Fundera på mitt förslag under eftermiddagen. Tackar du nej så kommer du aldrig få en möjlighet att jobba i något av EuroCorps bolag någonsin."

Raudvan Axelsson såg på Herman long, som såg ut som om han tänkte börja gråta.
"När du väl har funderat klart, så kan du kontakta den här mannen."
Raudvan Axelsson lade fram ett visitkort på bordet. Det var ett visitkort till en CEO i ett av EuroCorps Engelska dotterbolag.
"Men varför? Jag har ju blivit lovad tjänsten som...."
Raudvan lyfta avvärjande handen för att markera åt Herman att tystna. Så förklarade han.
"Det finns inga papper skrivna. Din vägran att infinna dig i tid kan med lätthet betraktas som skäl nog för att inte låta dig inta VD-stolen på EuroCorp International."
Herman Long var förvirrad. Vad hade hänt? Varför ville Raudvan Axelsson inte längre ha honom? Varför trodde han inte längre på att

han, Herman Long var den rätta ledaren för koncernen EuroCorp?

"Du har inte funnits till hands i det företag du var satt att styra," fortsatte Raudvan Axelsson. "Vi talar här om ett företag med flera miljarder i omsättning. Ett miljardföretag som varit utan ledare i över en månad. Vi vet inte vad det har kostat oss. Men vi kan säkert göra en rimlig uppskattning om vi skulle behöva göra det?"

Herman Long funderade. Tiden stod stilla. Han hade totalt tappat matlusten. Han skulle helst av allt bara vilja spy. Han hade inte varit på plats. Men han tyckte att han hade haft giltiga skäl för sin frånvaro. Kunde han dra det här vidare. Kunde han få rätt i domstol? Kunde han kräva skadestånd? Arbetsdomstolen?

Det var som om Raudvan Axelsson läste Hermans tankar.

"Du vet att vi har mycket bra advokater. Tänk över mitt erbjudande. Det är, i den uppkomna situationen, ett bra erbjudande. Du är ung och har framtiden för dig. Men det gäller att göra kloka val. Vi vill ha ditt svar senast under morgondagen."

Raudvan vände sig om och lämnade lokalen med promenadkäppen klapprande mot golvet.

Steg ett i Raudvan Axelssons operativa plan var klar. Han var på väga att få kontroll på verksamheten. Den rätta Herman Long, som kanske egentligen på något sätt hade varit den felaktiga Herman Long, var nu sannolikt utmanövrerad.

Dags för steg två i planen.

[-]

Herman Long klev ut ur hissen och vandrade genom korridoren bort mot sitt kontor.

Astrid fanns inte på plats, vilket förvånade honom. Hon brukade nästan alltid vara på plats när han kom till kontoret.

Han öppnade dörren men stannade upp.

Där bakom hans skrivbord satt redan någon.

En man, inte speciellt kraftig eller stor. Men en man med skarp, mörk och vaken blick.

Mannen hade en ljus rock på sig och bar ljusa skinnhandskar. På skrivbordet framför honom låg en promenadkäpp ovanpå några väl samlade dokument. Mannen som hade skarpa drag i det lite tunna ansiktet, stirrade intensivt och utforskande på Herman.

Herman förstod genast vem det var han hade framför sig.

Det var landets mäktigaste finansman Raudvan

Axelsson.

Raudvan nickade en lätt hälsning, utan att släppa Herman med blicken.

"Stäng dörren och kom och sätt dig," kommenderade han.

Herman stängde dörren bakom sig och satte sig på en av besöksstolarna mitt emot Raudvan Axelsson.

"Så du är Herman Long?"

Herman visste inte vad han skulle säga. Sanningens ögonblick var här. Nu var det dags för det avslutande avslöjandet. Han hade ju ändå inte försökt lura någon. Inte med vilje. Allt hade ju bara råkat bli fel. Fast det var ju klart. Han hade väl inte heller försökt förklara att det hade råkat bli fel. Han hade ju faktiskt njutit av situationen.

Raudvan Axelsson fortsatte att stirra intensivt på Herman. Som om han försökte göra en värdering av personen framför sig.

Den stirrande blicken var hård, stadig och bestämd. Men Herman tyckte sig ändå kunna skönja tillstymmelse till ett leende på Raudvan Axelssons läppar.

"Så du är Herman Long," upprepade Raudvan Axelsson. "Koncernchef och ledare för ett av landets största företagsgrupper."

Herman lyfte ögonbrynen och ryckte på

axlarna.

"Det blev liksom så. Bara av en händelse."

"Bara av en händelse?"

Raudvan Axelsson skarpa och intensiva blick fick Herman att känna sig liten och sårbar. Det var nog inget bra läge att försöka skämta till det. Skulle han säga något? Eller skulle det bara låta dumt.

Den mörka blicken och tystnaden var påträngande. Han kände att han måste säga något.

"Jag kan inte förklara hur det blev såhär. Men det var inte min mening. Från början."

Raudvan betraktade Herman utan att röra sig. Så sa han.

"Inte min mening från början. Men sedan då. Efter det? Vad var din mening?"

Herman funderade. Vad hade varit hans mening och vad hade han räknat med?

"Jag har haft roligt. Det har varit lärorikt och jag har haft roligt. Och jag har fått göra en otroligt spännande resa. Det är det enda som jag kan säga som min mening med allt. Att ha roligt och att få lära mig saker. Det är allt."

Raudvan skrattade till.

"Att ha roligt. Var det roligt att hindra ett uppköp av ett större tyskt företag?"

Det tyska uppköpet ja. Jo, det hade varit roligt

att se de förvånade minerna hos ledamöterna i ledningsgruppen när han sa att de skulle sälja aktierna i SmithGruber.

"På vilka grunder togs det beslutet," undrade Raudvan Axelsson?

Jaha ja. Just det. På vilka grunder? På grund av namnet. Han hade tyckt att det var för mycket pengar, men han hade skyllt på namnet. Sedan hade han faktiskt också velat utmana ledningsgruppen. Han hade gjort det som en test av den högkompetenta ledningsgruppen. Att välja bort SmithGruber på grund av namnet, kanske ett mindre lyckad drag.

Herman funderade och kunde se sig själv i en domstolssal. Skulle han passa i en randig fängelsedräkt? Fast fängelsedräkter är väl inte randiga nu för tiden? Det fick bli som det blev. Han hade i alla fall haft en rolig och lärorik och lite spännande tid. Egentligen en ganska fantastisk månad, måste han erkänna för sig själv. Det som grämde honom mest var nog att han troligtvis skulle förlora kontakten med sin nya bekantskap. Den kloka, trevliga och söta fru Astrid Holgersson.

Skulle hans agerande rendera honom rättsliga påföljder? Skulle han bli åtalad? Han hade nog gjort bort sig ordentligt. Kunde han rädda situationen på något sätt? Han tänkte snabbt igenom alternativ. Hur såg hans ekonomiska situation ut. Hans fonder hade gått upp. Dessutom med rätt så många procent. Han skulle kunna betala tillbaka sin gigantiska första månadslön och ändå ha lite pengar över. Så han slängde ur sig det förslaget.

"Skulle det hjälpa om jag betalar tillbaka min erhållna lön?"

Raudvan skrattade till.

"Varför skulle du det?

"För att jag inte är den som alla har trott. För att minska på den skada som jag kanske har ställt till med."

Raudvan Axelsson såg på Herman, men med ett roat leende. Var det ett leende på grund av att han nu kunde sätta fast honom. Spika upp honom på korset. För att han nu kunde dra honom inför ledningsgruppen och häckla honom. Visa upp honom som ett varnade exempel. Kanske avkräva honom ett gigantiskt skadestånd på grund av den mindre lyckade affären. Ett skadestånd som han aldrig någonsin skulle kunna betala tillbaka.

"Jag vet inte på vilka grunder du beslutade att sälja alla våra aktier i det tyska bolaget SmithGruber Mechanische. Men det var hur som helst ett bra beslut."

Ett bra beslut? Herman förstod inte. Ett bra beslut?

"Var det ett bra beslut?"

"Det var ett bra beslut," upprepade Raudvan Axelsson. "Det gjorde att vi tjänade ett antal tiotal miljoner kronor vid försäljningen. Dessutom undvek vi att köpa upp ett företag som faktiskt hade problem med räkenskaperna. Något som vi inte kände till när vi spekulerade i ett eventuellt uppköp."

Herman satt tyst och tittade med stora ögon på Raudvan Axelsson. Hade han alltså gjort rätt när han hade sagt att de skulle sälja av alla aktier i det tyska bolaget? Tydligen ett ytterligare bra beslut från hans sida. Vilka tillfälligheter.

Raudvan lutade sig fram över skrivbordet.

"Jag har ett förslag."

Ett förslag?

"Du verkar vara en man som är öppen för förslag. Är du det?"

Ett förslag? Raudvan Axelsson hade ett förslag. Vad då för förslag?

"Du heter väl något mer än Herman?"

Jo, så var det ju.

"Vad heter du mer än Herman i förnamn," undrade Raudvan?

Mer än Herman? Vad spelade det för roll?

"John," svarade Herman. "Jag heter John Herman Long."

Raudvan nickade.

"John." Raudvan Axelsson betraktade Herman innan han fortsatte.

"John," upprepade han. "Det låter bra."

Det låter bra. Vad menade han, den där Raudvan Axelsson?

Herman visste inte vad han skulle säga. Vad spelade det för roll vilket andranamn han hade?

Raudvan Axelsson trummade med fingrarna mot skrivbordet innan han fortsatte.

"Jag vill att du från och med nu ska använder ditt andranamn. Som väl egentligen, om jag fattar det hela rätt, är ditt förstanamn. Alltså, du skall från och med nu använda ditt andranamn som förstanamn. Om du gör det så kommer vi säkert komma väldigt bra överens."

Herman förstod ingenting. Vad då andranamn istället för förstanamn? Vad spelade det för roll om han kallade sig för John eller Herman?

"Jag vill att du från och med nu är John Long istället för Herman Long. Skulle det kunna fungera för dig?"

John Long, konstigt? Fast Herman såg inget problem med det. Skulle det hjälpa honom på något sätt, så varför inte. Skulle det dessutom innebära att han skulle kunna få en uppgörelse med Raudvan Axelsson, så var det ännu bättre.

Men vad var det för uppgörelse som Raudvan Axelsson tänkte sig?

"Om vi är överens så kan vi säga att du får behålla samma lön som du har nu, under de kommande sex månaderna."

Behålla sin lön? Menade Raudvan Axelsson att Herman skulle få behålla sin nuvarande lön sex månader framåt i tiden, bara han började använda sitt andranamn John?

Herman räknade och insåg att det handlade om flera miljoner. Konstigt.

"Vi kan kalla det för en fallskärm," förklarade Raudvan Axelsson.

"Men, jag kommer inte åtalas eller nått?"

Raudvan Axelsson skrattade samtidigt som han viftade avvärjande med den fortfarande handskbeklädda handen. Han ruskade lätt på huvudet och betraktade leende mannen Herman Long. Som nu alltså skulle kalla sig John.

"Åtalas? Vad är det för trams. Vem vinner något på det? Nej, du skall bara försvinna bort ett tag. Framför allt från EuroCorp. Du skall inte heller längre existera som Herman Long. I alla fall inte under en övergångsperiod. Enkelt, smärtfritt och bäst för alla parter."

Det lät ju bra. Sex månadslöner, bara han bytte förnamn och höll sig borta ett tag.

"Så, ska vi gå igenom vårat lilla avtal," Raudvan Axelsson ville få det klart. "För vi är väl överens?"

Herman ryckte på axlarna. Visst var han överens. Fanns det ingen hake?

Raudvan Axelsson tog nu som först av sig sina skinnhandskar. Han la dem på skrivbordet och lyfte bort sin promenadkäpp från pappersarken som låg på skrivbordet.

Han sträckte över dokumenten till Herman och bad honom läsa igenom dem. Han ville ha dem påskrivna.

Det var solklart att Herman i och med sin påskrift skulle bli försedd med munkavle om sin tid på EuroCorp. Men det var också solklart att han som tack för det, under de närmaste sex månaderna skulle skulle uppbära en lön, eller snarare ersättning som var skyhögt över vad han någonsin kunnat drömma om.

Raudvan Axelsson lämnade EuroCorps huvudkontor med ett leende på sina läppar. Han kände att ordningen började bli återställd. Han hade läget under kontroll. Det var bara några små detaljer som behövde justeras.

Kapitel 9

Några stora dammtussar dansade över det gråa betonggolvet. En ung kvinna småsprang längs korridoren. Hon hade ett antal gröna plastmappar under vänstra armen och en vit kulspetspenna i munnen. Hon stannade till utanför en stor dubbeldörr. Det lös en röd lampa bredvid dörren som förmedlade att sändning pågick.

Längre bort i korridoren stod två tekniker och diskuterade. Den ena hade en grov svart kabel i handen och kliade sig med den andra handen i huvudet.

Raudvan drog en djup suck och tittade hastigt på sin klocka, arton och femtiofem. Det var mer än fyrtio minuter kvar innan han skulle vara i sändning. Fyrtio minuter på en obekväm trästol i en damfylld lång betongkorridor. Trästolen var inte bekväm. Inte alls.

Dammet i korridoren var ett problem. Kunde säkert vara skadligt för luftrören.

Ett djupt andetag och....? Skulle han hålla andan? Det fungerade förstås inte. Andas lite mindre intensivt kanske.

Handskarna var, som alltid, på hans händer. Han insåg att han nog var tvungen att ta av sig både handskar och rock när han väl satt inne i studion för intervjun.

"Herr Axelsson? Ni är tidigt på plats ser jag"

Det var en lång, smal och skäggig man i trettiofem års åldern som tilltalade honom.

"Jag heter Benny och är produktionsassistent," fortsatte den skäggige. Han bar jeans och en blårutig skjorta och runt halsen hängde ett par stora svarta hörlurar.

"Vi skall vara i studio fyra. Men det är som sagt en bra stund kvar."

Raudvan nickade och visade upp ett torrt leende.

"Det finns kaffe i automaten därborta," fortsatte produktionsassistenten samtidigt som han pekade åt det håll varifrån Raudvan tidigare hade kommit.

Raudvan gjorde en avvärjande gest med handen och uppvisade ett ännu mer plågat och torrt leende än tidigare.

Det var högt till taget där han satt i korridoren och väntade. Rör som susade ovanför hans huvud. Skadligt? Kanske. Stora utrymmen. Han kände obehag i denna stora och tråkiga korridor.

Raudvan Axelsson hade, mer än en gång, sett reportern Kristoffer Josefsson agera på TV.

186

Han var ofta saklig, men kunde också vara vass och intensivt ettrig. Han var något av en skjutjärnsreporter. Som ekonomireporter var han väl insatt i affärsvärlden. Så om frågorna skulle komma in på EuroCorp och dess ledning, vilket det naturligtvis skulle göra, så torde han, Josefsson, veta vad han pratade om.

Raudvan hoppas dock att hans produktiva agerande de senaste dagarna skulle ha fått allt att ha hamnat på plats. Så pass på plats, så att han befann sig i ett läge som gjorde att han skulle kunna känna sig lite tryggare i allt skeenden med avseende på EuroCorp. Inte minst vad gällde dess ledning och styrning och hur det skulle utvecklas framöver. Ledning och styrning som han själv tills vidare skulle kontrollera med en fast hand.

"Hej, hej! Välkommen." Det var Kristoffer Josefsson. Han var i släptåg med en yngre blond kvinna som bar på en mapp och med ett allt för tillgjort, påklistrat leende i sitt ansikte.

Kristoffer Josefsson var dryga de fyrtio. Knappt medellängd, mörkt krulligt hår och en tunn mustasch under näsan.

"Vi måste börja vid sminket. Så om du följer med Lena här så hjälper hon dig. Så kan hon ta dig till studio fyra sedan. Vi ses där då."

Raudvan nickade. Smink också. Han visste att

man alltid sminkades innan TV-sändning. Detta för att det kunde göra att man såg bra ut i TV. Fast Raudvan tyckte att det inte spelade någon roll. Han var inte med för att se bra ut. Det var väl kanske inte bara för att man skulle se bra ut som man skulle sminkas. Det gällde kanske också för att få en slätare struktur i ansiktet. Det kunde Kanske också förstärka vissa drag och dölja andra. Raudvan visste inte, men han gjorde en del antaganden.

Han tyckte själv att han både med och utan smink såg lika lite bra ut.

Inne i studio fyra fanns ett ovalt bord där Kristoffer Josefsson redan satt. Han var redo för sändning. En clipmikrofon fästes på Raudvans krage.

Lite längre bort i samma studio pågick precis nyhetssändningen. Snart skulle alltså ekonomireportern Kristoffer Josefsson fråga ut Raudvan Axelsson om den senaste tidens turbulens i EuroCorp International.

Raudvan satte sig ner på den stol, mitt emot reportern Kristoffer Josefsson, som han blev anvisad. Reportern Kristoffer Josefsson ögnade hastigt igenom sina anteckningar.

Raudvan kände sig inte direkt bekväm med att stå i rampljuset. Det var därför han normalt inte gav intervjuer. Men nu hade han valt att göra ett undantag. Tanken från reportern Kristoffer Josefssons sida hade från början varit att få göra ett längre reportage. Men det hade inte fallit i god jord. Raudvan hade varit väldigt tydlig med att han inte alls var intresserad av något sådant arrangemang. Så det blev bara en kortare utfrågning i samband med ekonominyheterna.

Den senaste turbulensen i EuroCorp var det som det skulle fokuseras på.

En dement VD som blivit avsatt. En ny VD som fanns vardå? Ingen tycktes veta. En jätteorder från ett FN-organ, som i sin tur hade genererat nya exportfördelar. Vilket ingav hopp och löften om nya arbetstillfällen i landet Sverige.

Ny teknik via det nya Amerikabaserade dotterbolaget DigiPharmica. Teknik som skapat stort intresse runt om i världen. Inte minst i Asien. Nya marknader som i sin tur troligtvis skulle generera ännu mer arbetstillfällen. Arbetstillfällen runt om i världen, men också ännu mer arbetstillfällen i landet Sverige.

En tekniker pekade mot Kristoffer och Raudvan. Det var dags. Strax i sändning.

Kristoffer Jonasson log in i en av de tre kamerorna som fanns uppställda framför deras bord. Han hälsade tittarna välkomna till kvällens ekonomisändning.

"I kväll skall vi fokusera på det svenska multinationella företaget, EuroCorp International. Vi har därför bjudit in EuroCorps styrelseordföranden Raudvan Axelsson. Välkommen till programmet."

Kristoffer nickade mot Raudvan som, knappt märkbart, nickade tillbaka.

"Nu när man har möjligheten att få intervjua landets mäktigaste finansman, så är det många frågor som man skulle vilja ställa. Men då vi har begränsat med tid så skall vi hålla oss till att granska EuroCorp. Och framför allt det som har hänt där den senaste tiden. Det har ju hänt en hel del. Både vad gäller ekonomiskt som i dess organisation."

Raudvan betraktade avvaktande Kristoffer Josefsson. Hade han fått tillgång till någon information som han inte skulle ha tillgång till? Kristoffer Josefsson log med sitt rutinerade och väl inövade TV-leende.

"Det går ju väldigt bra för EuroCorp just nu. Många intressanta order har kommit in till företaget. Och efter vad jag förstår så är det bara ett par månader sedan du lät göra en större ändring i ledarstrukturen på EuroCorp. Stämmer det?"

Raudvan nickade instämmande.

"Styrelsen beslutade om en omdisposition, ja."

Ett kort och inte speciellt uttömmande svar.

Kristoffer fortsatte.

"Vad var huvudanledningen till att ni gjorde den förändringen?"

Raudvan sög sakta in lite luft melllan tänderna, medan han betraktade Kristoffer Josefsson.

"Företagets VD, David Romson har under en längre tid varit sjuk. Så vi var i akut behov av att få till en mer verksam ledningsfunktion. Därför genomförde vi en temporär administrativ korrektion."

"Så ni avsatte den sittande VD:n David Romson!"

"Vi gjorde som sagt en korrektion i enlighet med den förordning som den uppkomna företeelsen nödvändiggjorde."

Kristoffer såg ner i sina papper. Ett ögonblicks funderande innan han fortsatte.

"Den lilla rockaden verkar ha haft bra effekt, kan man säga. Det går ju rätt bra för EuroCorp just nu. Eller rättare det går väldigt bra."

Raudvan nickade. Vad ville reportern komma till? Antagligen till den nya VD:n Herman Long.

"Kan du säga något om det? Ni ser ut att gå mot ett bra kvartal. Kan du säga något om det?"

Raudvan ryckte på axlarna.

"Vi har väl gjort de rätta affärsmässiga valen."

"Är det inte så att man kan tacka den nya VD:n för det?"

Där kom den. Den nya VD:n.

"Det handlar om affärsmässighet. Och visst, ledningens inverkan för uppkommet resultat är väl av en viss betydelse. Dock inte så stor som man kanske kan tro. Det handlar i större grad om ett långsiktigt, kollektivt åtagande. "

"Men ni fick en ny VD. Han måste väl ändå ha haft rätt stor betydelse för den senaste tidens, plötsligt ökade affärsmöjligheter?"

Raudvan såg på reportern, som uppenbarligen var på väg att ta upp frågan om deras VD Herman Long.

"Som jag sa, så genomförde vi en momentan positioneringsförändring vad gäller företagets ledarskap. Alltså, en tillfällig justering. Därför menar jag att det inte är en av de parametrarna som har haft någon större inverkan. Definitivt inte på den senaste tidens resultatet," förklarade Raudvan torrt.

Kristoffer såg på Raudvan och funderade på

vad det gamla styrelseproffset uttryckte. Sa han att det var en tillfällig lösning? Skulle det ske mer förändringar? Vem var den nya VD:n, som Kristoffer fortfarande ansåg vara den största anledningen till EuroCorps snabba uppsving den senaste månaden.

Efter att åter ha tittat ner i sina papper så fortsatte reportern Kristoffer Josefsson.

"Ni tillsatte en ny VD. Något som, du ändå måste tillstå har varit väldigt lyckat?"

Han stannade upp.

"Det måste väl ändå vara kännas bra att du har fått tag i en person som på så kort tid, har skapat en sådan positiv anda och visar på betydande resultat. Det måste väl ändå vara ett lyckat drag från din sida?"

Raudvan rynkade näsan och blinkade lite besvärat med ögonen.

"Det sitter flera i styrelsen än bara jag," förklarade han. "Det var styrelsen som beslutade om den momentana administrativa korrektionen."

Raudvan visste att han bara rapade upp uttryck och meningar som inte sa så mycket. Men han kände att han kanske skulle behöva överdriva sitt ordbajsande ännu mer. Detta utifall att Kristoffer Josefsson hade något mer, känsligt att komma med. Men Raudvan tänkte vänta och se. Hade reportern något mer? Herman Long. Var det dags för den frågan nu?

"Skall jag tolka dig som att er nuvarande VD bara är en tillfällig lösning?

"Vi är i en organisatorisk process som i högsta grad är av momentan art. Men styrelsen har en klar kompetensbild inför en mer permanent lösning."

Raudvan Axelsson såg med allvarlig min på Kristoffer Josefsson och nickade för att understryka vad han just hade sagt.

Kristoffer Josefsson såg mycket fundersam ut. "Innebär det att er nuvarande VD bara är en tillfällig lösning? Uppfattar jag dig rätt där?"

Han såg hastigt ner på sina anteckningar. Så fortsatte han.

"Ni anställde ju en Herman Long som VD. Det stämmer väl? Allt går bra och samtidigt menar du att ni kommer avsätta den nya VD:n? Herman Long. Det låter konstigt."

Raudvan log mot reportern.

"Vi ska inte avsätta någon. Varför skulle vi göra det?"

"Men säger du inte att han inte är en permanent lösning? Menar du att han är en permanent lösning, i alla fall?"

"Herman Long," svarade Raudvan frågande?

"Ja, Herman Long."

"Herman Long, svarade Raudvan Axelsson åter en gång lika frågande?

Reportern såg ner i sina papper.

"Herman Long, EuroCorps nya VD."

Raudvan kände att han hade kontroll på läget. Kristoffer Josefsson visste ingenting. Han trodde att han visste. Men, nej.

"Herman Long," svarade Raudvan Axelsson långsamt en tredje gång, medan han låtsades fundera. Så tog han handen till munnen. Satte ett finger på underläppen.

"Jag tror faktiskt att vi har en Herman Long på företaget. Men vad jag vet så är han stationerad i England på vårat dotterbolag där.

"I England? Det kan väl inte stämma? Är han inte VD på EuroCorp?"

Raudvan skakade sakta på huvudet.

"Nej, så är det inte. Han finns på Euro Cordington Ltd. Så han är absolut inte VD på EuroCorp International."

Kristoffer bläddrade snabbt igenom sina papper. Hade han något fel i sin information?

Han såg åter upp på Raudvan Axelsson.

"Var det inte Herman Long som ordnade den där storordern med FN?"

Rudvan Axelsson såg förvånad ut. Han kisade med ögonen och rynkade åter näsan.

"Jag skulle säga att ordern med FN-organet

UN-Habitat, var en integrerad affärsuppgörelse där såväl huvudkontoret som organisationen i Frankrike var inblandade."

Kristoffer Josefsson försökte åter ta kommandot.

"Vi har fått fram information om att en Herman Long skulle vara den som hade kontakten med FN."

Raudvan putade med munnen och skakade sakta på huvudet.

"Som jag sa, det var en kollektiv samordning mellan våra olika bolag."

En kollektiv samordning. Ingen Herman Long som var VD. Vem var då VD? Varför stämde inte informationen?

"Så, om Herman Long inte är verkställande direktör för EuroCorp, vilket han är enligt den informationen som vi har fått fram. Vem är i så fall VD?

Kristoffer Josefsson ville gärna ha ett svar. Han var något förvånad. Hans uppgifter verkade inte stämma. Vad hade han och hans team missat?

Raudvan såg något förnöjsam ut.

"Vi har temporärt satt vår Marknadsdirektör, Per-Arne Svensson som tillförordnad VD. Han kommer sitta kvar på den posten fram till bolagsstämman."

Kristoffer Josefsson, såg på klockan. Han hade inte fått fram något vettigt på sina minuter med Raudvan Axelsson. Eller hade han det? Var det kanske bara så att finansmannen Raudvan Axelsson, hade en räv bakom varje öra. Intervjun gav inga spektakulära avslöjanden. Inte mer än att den gamla VD:n hade blivit avsatt. Vilket var naturligt med tanke på omständigheterna. Han kände att luften gick ur honom. Minuterna tickade iväg. Kristoffer visste att han på den korta tid som återstod, inte skulle kunna mjölka ut något mer matnyttigt från styrelseproffset Raudvan Axelsson. Han hade gärna ställt fler frågor. Gärna frågor av mer privat karaktär. Frågor om personen Raudvan Axelsson. Men det fick bli i vid ett annat tillfälle, i ett annat program. Om han nu skulle lyckas få några raka svar av den ordbajsande finansmannen.

Raudvan Axelsson kände sig mer än nöjd då han satt i baksätet på sin Bentley, på väg hem från radiohuset. Allt hade ordnat sig som han hade hoppats. Det skulle gå att gräva i allt som hade hänt. Men ingen skulle vinna något på det. Så för hans del var allt precis som han hade räknat med. Nu gällde det att ha kontroll på hur ledningsstrukturen skulle se ut framöver. Inga mer oförsiktiga misstag.

Kapitel 10

Arlanda, Terminal fem. Herman Long, som numera efter ett avtal med Raudvan Axelsson hade börjat använda sitt förstanamn som tilltalsnamn. Han presenterade sig numera alltså som John Long. Han var försedd med resväska, pass och biljetter. Han var ute i god tid. Mycket god tid. Han spanade mot entréerna till avgångshallen där det hela tiden strömmade till med folk.

De skulle resa med SAS till Newark Liberty International Airport utanför New York.

Skulle han ringa? Nej, det var han som var väldigt, väldigt tidig.

Trots att han var tidigt på på plats så behövde han inte vänta allt för länge förrän han hörde en välbekant stämma ropa på honom.

"Pappsen! Hallå Pappsen!" Det var enda och bästa dotter Sofia. Hon hade bara en mindre resväska med sig. Ingen jättepackning där inte. Lite typiskt henne också. Hon var i vissa avseenden den bohemiska typen. Handlade gärna på "second hand" och var inte någon modeflinga. Släpade ofta saker i vanliga ICA-kassar. Att hon handlade på second hand kunde ju också i och för sig kopplas till hennes mindre goda ekonomiska situation som fattig student. Var man en fattig student utan välbeställda föräldrar var man tvungen att vända på slantarna.

John kramade, hårt och intensivt om sin dotter Sofia. Det var ett tag sedan de senast hade träffats. De hade bara haft telefonkontakt den senaste tiden. Men nu skulle de få umgås. De skulle umgås mycket, mycket mer än på mycket, mycket länge.

"Tåget från Göteborg var försenat som vanligt," konstaterade Sofia. "Tur att man åkte några timmar tidigare."

"Du hade kunnat åkt igår. Du kunde ha sovit hos mig."

"Jag vet Pappsen. Men det har ju gått bra."

De såg på varandra en lång stund.

"Vi är tidiga tror jag. Ska vi ta lite lunch innan vi går ombord på planet? Jag Jag tar gärna nått starkt också."

Sofia gillade sin fars förslag.

"Så en kaffe och med avec efter maten kan nog sitta bra innanför västen."

Snart var de ombord på SAS flight SK909 på väg mot New York. De hade många timmar på sig att diskutera allt som hade hänt och vad de skulle göra.

Första destinationen var New York. Därefter skulle de under två månader utforska stora delar av USA. Från östkusten till västkusten.

John hade gjort upp med Raudvan Axelsson att han dels inte längre var Herman Long och dels att han skulle hålla sig borta från Sverige under en tid av minst tre månader. Så efter USA tänkte far och dotter resa vidare till Asien och Australien. Det skulle bli en fantastisk tid då de bara skulle få rå om varandra.

På den tiden, tre månader, räknade Raudvan Axelsson med att allt skulle vara som vanligt vad gällde EuroCorp. Ingen skulle längre fråga efter Herman Long. Företaget skulle sannolikt ha en något ändrad ledarstruktur i enlighet med hans nya tankar och planer. Bolagsstämma skulle vara avklarad och en styrelse och ledning skulle officiellt ha ett delvis nytt utseende. Helst hade Raudvan Axelsson sett att John Herman Long också hade bytt efternamn. Men John Herman hade inte riktigt köpt det förslaget. Det hade inte heller varit en stor "issue" för Raudvan. Så han räknade med att det skulle räcka med ett annat förnamn än Herman.

Nu när de skulle vara borta en längre period så gjorde Sofia uppehåll i sina studier. Hon kände att hon behövde det. Hon hade dessutom aldrig varit i det stora landet i väster. Hon hade faktiskt aldrig varit utanför Europa. Så det här skulle bli en fantastisk upplevelse. Om de nu skulle kunna komma överens i tre månader.

Per-Arne Svensson fungerade som en temporär VD-lösning på EuroCorp International. Och det var nog inte helt osannolikt att han skulle kunna fortsätta på den posten efter den kommande bolagsstämman.

Han hanterade sin uppgift, som företagets högsta chef, i enlighet med de krav och önskemål som styrelsen förväntade sig. Som Raudvan Axelsson såg det nu, så visste han inte vem som kulle vara bättre på att leda företaget än Per-Arne Svensson.

Per-Arne Svensson hade på senaste tiden också blivit mer lyhörd än han tidigare hade varit. Han drev inte igenom beslut utan att lyssna av andra medarbetares infallsvinklar och synpunkter. Lika ofta använde han sig också av frasen.

"Det vet jag inget om. Vad tycker ni?"
Vilket resulterade i att man tänkte sig för ytterligare ett varv innan man fattade några viktigare beslut.

En följdverkning av utbyggnaden av pumpanläggningar på den Afrikanska kontinenten hade resulterat i ett intresse från världens största land, Kina. De hade planer på att bygga ut sina vattenförsörjningsvägar. EuroCorp hade efter avtalet med UN-Habitat blivit ett, ur den Kinesiska statsapparatens synpunkt, intressant företaget att samarbeta med. EuroCorp hade också börjat utveckla helt nya pumpsystem. Det var deras unga ingenjörer som i högre grad än tidigare hade fått fria händer vid sin utveckling.
För att klara den enorma produktion som det skulle innebära så diskuterades det om nya fabriksbyggnader, främst i Asien och Kina. Men också på den Amerikanska kontinenten.
Man var inne på att investera mer i anläggningarna i Sydamerika.

"När vi kommer till New York så skall jag ut och shoppa," förklarade Sofia. "Kläder, skor smycken och ...you name it! Det ska bli så häftigt."

Herman log förnöjt. Han var så glad att han nu kunde bjuda på lite guldglans för sin dotter. Han hade fört över en summa pengar på hennes konto. Så nu hade hon alla möjligheter att spendera och lyxa till det. Helt på egen hand om hon ville.

"Jag har aldrig varit i New York," fortsatte hon. Det lär finnas hur mycket affärer som helst, bara på Manhattan."

Herman nickade.

Han funderade lite på var han skulle börja när de väl hade landat. Men han hade inga förväntningar eller andra tankar kring sin vistelse i USA.

"Du kanske skall hälsa på dem på EuroCorps kontor i New York," skojade Sofia.

"Det funkar tyvärr inte. Det ingår i mitt avtal att jag inte besöker något EuroCorps kontor under mina tre månader i karantän. Annars hade det kanske varit roligt. En annan gång kanske?"

Det var många timmars resa över Atlanten, varför Sofia satte på sig hörlurar för att lyssna på musik. Herman tog fram en deckare som han hade köpt. Det var Järnblod. Han hade inte läst något av Liza Marklund tidigare. Så det skulle bli intressant, tänkte han.

Efter någon timme i luften, så tog Sofia av sig lurarna.

"Hur blir det med den där Astrid?"

Herman släppte koncentrationen från boken.

"Vad menar du?"

"Jo, jag menar hon Astrid, hon som var din sekreterare. Hur blir det med henne?"

Herman funderade något ögonblick.

"Jo men det blir nog bra."

"Vad då, det blir nog bra?"

"Hon har blivit lovat en ny tjänst, som projektledare. Vad det innebär är väl inte helt klart."

Sofia log mot sin pappa.

"Och?"

"Jamen det ligger inte hos mig. Jag tror att hon kommer användas som någon slags resurs, typ. Resurs vid nya projekt och så. Hon är enormt duktig och hon har koll på det mesta."

Herman såg nästan lite drömmande ut när han sa det.

"Du gillar henne, eller hur?"

"Hon är söt och trevlig. Ja, jag gillar henne."

"Så, hur blir det?"

"Med vad då?"

Med dig och Astrid, så klart."

Herman log brett. Så ruskade han på huvudet.

"Det blir nog inget, tror jag. Det är ett avslutat kapitel."

"Varför då? Du gillar ju henne. Det har man förstått. Du vet ju inte. Hon kanske gillar dig också. Lyssna med henne. När vi kommer tillbaka till Sverige."

Herman nickade. Han funderade. Vad hade han att förlora?

"Vi får se," svarade han. "Vi får se."

"Jag tycker att du kan ta kontakt med henne. Du kanske skulle skicka någon present till henne. Köp nått fint i New York."

Herman funderade. Kanske det kanske?

Sofia såg på Herman, som hade fått något drömmande i blicken. Så log hon åt honom. Sedan satte hon på sig lurarna igen och återgick till att lyssna på sin musik.

Herman höll kvar boken i sin hand en stund, innan han slutligen stängde den. Han lutade huvudet tillbaka. Han tänkte försöka slumra en stund.

"Vad lyssnar du på," undrade Herman?

Sofia ryckte på axlarna.

"Mest vanlig enkel pop. Typisk listpop. Sånt som alla lyssnar på."b

"Ingen speciell favorit?"

Sofia snörpte med munnen och rynkade näsan.

"Nä, inget speciellt. Fast det har kommit en del intressanta, annorlunda låtar på senaste tiden. Några som jag gillar skarpt."

"Nån speciell artist eller?"

"Nä, det är faktiskt lite olika, men det är en och samma producent till några av dem," förklarade Sofia.

Hon tystnade och såg lite finurlig ut.

"Det lustiga är att det är en Holländsk producent. Ganska hemlig, faktiskt. Fast kanske inte ändå. Det är väl bara att han är så ny som man inte vet så mycket om honom."

"Hemlig musikproducent. Vad har han producerat då? Nån låt som jag känner igen?"

"Det tror jag. Lyssna på den här."

Hon satte lurarna på Herman, som lyssnade på låten som hon spelade upp. Jo den kände han igen.

"En holländare? Och hemlig, säger du?"

"Ja, typ. Det finns inga bilder på honom, vad jag vet i alla fall. Man känner till hans namn."

"Men han är ändå känd alltså?"

"Börjar bli, kan man säga. Och vet du vad, som jag faktiskt inte har tänkt på förut? Han heter ju nästan som du, Pappsen. Ni heter nästan likadant."

"Vad då, likadant?"

Sofia skrattade till.

"Det är lustigt ju. Kanske inte jättelika, men lite. Han heter Jon De Long och du heter ju John Long nuförtiden."

"Så lika är det väl ändå inte?"

"Fast lite lika är det," sa Sofia och fnissade.

Efter ytterligare ett antal timmar så närmade sig planet äntligen New York.

John hade ordnat så att de skulle bo på Fitzpatrick Manhattan Hotell. Samma som han hade bott på den gången han som koncernchef för EuroCorp hade varit i New York på sin Eriksgata. Nu hade han dock bokats in som turisten John Long med sällskap.

Det var en bra hotell och John kände sig lite trygg med att hamna på samma hotell som tidigare. Han tyckte att deras tre månaders äventyr kunde få börja på ett bättre och för honom bekant hotell.

Planet gled ner för landning. Far och dotter kände spänning och förväntan. De hade börjat sin långa resa. En resa som skulle bli ett äventyr. En resa som skulle lära dem mycket om världen men också mycket om varandra. Det skulle säkert bli osams och tycka olika i mångt och mycket. Men de skulle nog också komma närmare varandra. Tiden fick utvisa om de skulle kunna resa tillsammans i tre månader utan allt för mycket slitningar?

De fick invänta sitt bagage innan de skulle kunna passera tullkontrollen. Där blev det inte helt oväntat ett köande. Men snart var de framme vid tullen. Man kom igenom tullkontrollen utan några problem.

"Sorry, I heard you name."

Det var en man som hade stått bakom Herman och Sofia i kön fram till tullkontrollen. Mannen, som var rätt ung och såg ut att vara en modern Frank Zappa, fortsatte.

"Are you Jon De Long?"

John uppfattade Jon som John så han nickade jakande. Han hörde också ett Amerikanskt "the" i namnet. Så han skämtade, som vanligt till det.

"John the Long."

Så skrattade han.

"Wow, great! So you are the amazing Jon SoundMaster De Long?"

Nu blev det något galet. Herman ryckte på axlarna och tittade Sofia.

"Blev det nått galet nu?"

Sofia nickade.

"Jag tror att han fick för sig att du är den där

Jon De Long som jag pratade om på planet."

"Jon De Long? Jaha, han. Musikproducenten."

Herman lyfte avvärjande handen mot mannen och skratta lätt.

"I just love your latest record. The one with the Martin Brennan and Coco Spinner. It is just great."

"Alltså, jag är inte Jon De Long," försökte Herman förklara, på svenska. Samtidigt som han skakade på huvudet. Han försökte använda händerna för att förtydliga.

"Jag heter John Long. Inte Jon De Long. I am not that the Long! Hjälp mig Sofia."

Sofia såg med road min på sin far.

"Äh, låt honom tro att du är en kändis. Du kanske får skriva autografer."

"Väldigt kul. Eller hur? Hjälp mig istället."

John Herman Long ville inte vara med om några mera förväxlingar.

"Kom låt oss ta en taxi."

De försökte ta sig fram mellan alla människor som plötsligt tycktes stå i deras väg. Trångt och fel väg, hur än Herman valde att försöka komma till utgångarna, så tycktes han möta på folk som var på väg i motsatt riktning.

Den unga mannen följde efter Herman och Sofia, där de trängde sig fram mellan folk.

Han viftade vilt och rabblande långa haranger

av vördnadsfulla betygelser. Han förklarade att han avgudade Jon De Longs musikproduktion. "I'm a musician my self. Can you listen to some of my stuff?"

John försökte få med sig Sofia ut från terminalen. Just nu ville han bara komma bort. En taxi och snabbt till hotellet.

Mannen, som inte fick något svar från den som han trodde var Jon De Long, ropade åt en annan man som fanns vid dörrarna som ledde ut mot terminalens utsida.

"Thats Jon SoundMaster," ropade han till mannen vid utgången.

Den som han hade ropat på, var en annan yngling med latino utseende. Han bar en vit, kortärmad skjorta. Och runt halsen hängde en kamera med ett ordentligt, stort objektiv. En riktig systemkamera av märket Nikon.

"Häråt," sa Sofia. "Vi dra hitåt."

Sofia tog tag i sin far och försökte styra honom mot en annan utgång.

"Jag tror att killen med kameran är nån slags paparazzi. Han står bara där och väntar på att kändisar ska dyka upp."

Herman och Sofia försökte kryssa mellan människorna som tycktes packa ihop sig allt mer, ju mer de försökte ta sig fram.

Herman vände på huvudet och såg att

paparazzin var dem hack i häl. Han hade tydligen litat på "Frank Zappa"-kopian, att Herman var den kände musikproducenten Jon De Long.

Där det finns en paparazzi, brukar det ofta finnas flera.

Plötsligt blixtrade det till framför dem. Det var ytterligare en kameraförsedd man som hade siktat in sig på Herman och Sofia.

"Fan, det här är ju galet," konstaterade Herman. "Vi måste komma ut så vi kan få tag i en taxi."

De nådde fram till dörrarna. Sedan gick allt ännu fortare. En mörkhyad man ryckte tag i en av Hermans väskor. Innan Herman han protestera så slängde han in den i bagageutrymmet på en stor, svart bil.

Sedan nästan tryckte den mörkhyade in både Herman och Sofia i baksätet på den svarta bilen, som visade sig vara en Cadillac.

"Vad är det som händer," undrade Herman.

"Stay cool Jon. Stay Cool. I'll take you to the Sterling Sound Studio. Stay cool."

John Herman Long kände sig totalt förvirrad. Vad var det som hände?

Sofia såg på sin far. Hon hade ett stort leende på sina läppar.

"Vad är det som är så roligt?"

"Jag tror att det är fler som tror att du är Jon De Long," konstaterade Sofia roat. "Häftigt Pappsen, häftigt!"

"Häftigt? Kan vi inte be honom köra oss till hotellet istället? Komma till en skivstudio känns sådär."

Sofia rynkade näsan.

"Men det vore kul att få se Sterling Sound Studion, nu när vi ändå har chansen. Eller hur?"

Herman suckade djupt. Vad skulle han svara på det.

"Äventyr är när det händer saker," menade Sofia. "Nu händer det saker. Det här kan bli ett riktigt bra äventyr."

Herman tog sig för pannan.

"Så du tycker att jag skall låtsas vara Jon De Long? Vad kan jag om musikindustrin?"

Sofia bara skrattade.

"Du visste ingenting om företagsledning heller. Inte innan du började på EuroCorp."

Det var ju sant. Det hade ju gått rätt bra faktiskt. Han kunde väl kanske hålla masken tills de var framme vid studion. Han kunde låta Sofia få komma in i studion och se den från insidan. Men sedan skulle han förklara att allt var ett misstag. Att han inte var den de trodde att han var.

Han såg på Sofia.

"Vad säger du Pappsen?"

Herman funderade. Nu hade en galen tanke poppat upp i hans hjärna.

Är det inte lite spännande, Pappsen," undrade Sofia?

Herman tittade pillemariskt på sin dotter. Så blinkade han med ena ögat.

"Jag har ju faktiskt lurat en hel dröser med direktörer förut. Och det gick ju ganska bra. Trots att jag inte kunde ett skvatt om företagsledning."

Sofia såg med ett förundrat leende på sin far, som fortsatte.

"Jag kanske skall se om jag kan lura folket i skivstudion också om att jag kan nått om musikproduktion. Vad är det värsta som kan hända."

Sofia skrattade hjärtligt.

"Bra där Pappsen. Kör hårt tills de kastar ut oss. Då får vi väl ta en taxi till hotellet."

"Musikproducent. Hur svårt kan det vara?"